우리에게 있어서 구원

우리에게 있어서 구원

채기성 소설

교유서가

차례

57분

58분을 넘겨버렸다.

네임 사인으로 마무리라도 지어야 했지만 아무 말도 할 수가 없었다. 언젠가 어두운 밤, 횡단보도에서 신호를 무시하고 지나가려던 차가 나를 발견하고 급정거한 일이 있었다. 다른 사람 같으면 비명을 지르거나 몸을 움츠렸을 텐데 나는 아니었다. 그 자리에 그대로 멈춰 선 채 섬광처럼 번쩍이는 헤드라이트 불빛을 가만히 바라만 보고 있었다. 당황하면 그대로 멈춰 얼어버리는 버릇. 그게 하필 오늘, 방송을 타고 나간 것이었다. 있어서는 안 되는 정적이 그 시간을 메우고 있다가, 마침내 허겁지겁 광고가 이어져나왔다. 멘트를 놓친 채 당황해하며 양손으로 틀어막은 입언저리에 더운 김이 가득찼다.

―한주희!

부스 문이 열리면서 지원의 다급한 외침이 들리나 싶었는데 책상 위 전화가 울리기 시작했다. 수화기를 낚아채 목과 어깨 사이에 걸친 지원은 연신 죄송하다는 말을 반복하며 손에 든 휴대폰으로 누군가와 바삐 메시지를 주고받았다. 사과방송이며 경위서를 써야 한다는 등의 말이 오가는 것으로 보아 라디오 제작국장과 통화하는 것 같았다.

그사이 나의 휴대폰에서도 진동이 느껴져 받으려던 차에 지원이 손을 뻗어 흔들며 아무 짓도 하지 말라는 표시를 온몸으로 전했다. 내 휴대폰 액정 위에는 부재중전화 6통이라는 메시지가 떠 있었다.

—대체, 무슨 일을 벌였는지 알기나 하는 거야!

손에 든 휴대폰을 바라보면서 지원은 차갑고 낮은 목소리로 말했다. 입을 가리고 있던 손 안쪽으로 나도 모르게 흐른 눈물이 고였다. 입가와 볼 쪽으로 번진 물기를 손바닥으로 훔치자, 그것은 꼭 어떤 공포로 지려낸 것을 닦는 것 같은 기분이었다.

프리랜서 아나운서라고는 하지만 변변한 고정수입이 없었다. 일은 대중없었다. 입찰심사에 참여하는 기업의 발표자로 나서기도 했고, 파트타임 스피치 강사로 강의를 하기도 했다. 단기간 일했던 기업 사내방송 아나운서는 그런대로 급여 조건이 괜찮았다. 시각장애인을 위해 대신 책을 낭독하고 기록하는 일부터 축제 사회까지 가리지 않고 일을 했지만 일은 뜸하고, 보수는 가끔 떼이기도 했다. 방송국 공채 아나운서에 매년 지원했지만 해가 갈수록 경쟁률만 높이는 잉여가 된 느낌이 들었다.

오랜만에 친척의 결혼식장에서 만난 큰엄마 앞에서 엄마는 빛 좋은 개살구가 따로 없다며 나에 대한 푸념을 늘어놓았다. 엄마는 큰엄마의 딸인 지원이 방송국에서 일한다는 사실을 티가 나게 부러워하면서 나를 흘겨보는 것을 잊지 않았다. 지원이 방송국에서 일하고 있다는 사실은 알았지만, 교통방송 리포터로 일하고 있다는 것은 그날 처음 알았다.

며칠 후 엄마는 큰엄마로부터 지원이 다니는 방송국에서 교통방송을 진행할 경력직 라디오 리포터를 뽑는다며 이 기회에 나더러 지원해보면 어떠냐는 얘기를 들었다고 했다. 교통방송을 진행해본 경험이 없는데다, 무엇보다 지원과 공적인 관계로 엮이는 게 싫어 어떻게든 모른 체하고 싶었지만, 엄마에게 그런 건 중요한 게 아니었다. 게다가 지원이가 곧 다른 곳으로 이직을 한다지 않나. 엄마의 그 말이 아니었다면 아마도 나는 지원하지 않았을 것이다. 3차까지의 전형을 통과해 한 명을 뽑는 경력직으로 운 좋게 채용이 되긴 했지만, 엄마는 내가 잘해서라기보다는 지원이 덕분이라고 여기는 듯했다.

예상치 않게 사수가 된 지원과 함께 일하는 게 녹록하지는 않았다. 엄마는 내가 방송국에 채용된 이후로 지원이 내 인생의 구세주라도 된 것처럼 생각하는지 어쩌다 쉽지 않은 지원과의 관계를 토로하기라도 하면, 감내하고 감사해도 모자를 판에 넌 어쩌면 그렇게 마음 씀씀이까지 야박하냐며 되레 나를 다그치는 게 일이었다. 따지고 보자면 내가 그렇게도 벗어나고 싶었던 그 세계가 고등학교 때 지원과 같이 앉았던 책상에서 다시 라디오 부스로 공간만 이동한 것에 지나지 않았다. 방송국에 리포터로 입사 지원을 하기로 했을 때 느꼈던 막연한 두려움의 근저가 바로 거기에 있었음을 나는 깨달았다.

그런 정신으로는 방송국에서 일할 자격이 없다고 말하는 지원 앞에서 나는 그 벗어날 수 없음에 대해 생각하고 있었다. 아래 눈꺼풀로 겨우 지탱하고 있던 눈물이 결국 터져나왔을 때, 그때의 감정은 친구이자 사촌으로서의 인정을 기대했다 느끼는 서운함도 아니었고, 나의 분명한 실수를 제대로 꾸짖어내고 있는 사수 앞에서의 긴장과 두려움이 빚어낸 것도 아니었다. 그건 다름 아닌 지원에 대한 어떤 종류의 참담한 패배감이었다.

　—어떻게 이 일을 책임지려고 그래.

지원의 목소리가 날카롭게 갈라졌다.

　—갑자기 거기서 말을 멈춰버리면 어떡해, 원고는 괜히 써놔?

휴대폰에서 알람이 울렸다. 지원의 시선이 책상 위에 올려놓은 내 휴대폰으로 옮겨갔다. 오전 7시 47분. 방송 10분 전으로 맞춰놓은 알람이었다. 실수를 저지른 이후 벌써 한 시간이 지나버린 것이었다.

—알람소리는 팝송 말고, 되도록 전자음으로 해놔. 긴장을 좀 해야지.

지원의 연이은 타박에 나는 고개를 끄덕이며 휴대폰의 알람소리를 기본 설정음으로 바꿔놓았다. 크고 시끄러운 소리였다. 한숨을 몰아 내쉰 지원은 일단 내일 다시 얘기하자며 외투를 걸쳐 입었다. 지원이 아침 라디오 프로그램에 리포터로 출연하는 날이었다. 인사도 없이 지원이 나가버린 후, 부스에 혼자 남은 나는 잠시 숨을 골랐다. 그나마 위안이 되는 것이 있다면 이제 지원과는 방송국에서 함께 일할 시간이 얼마 남지 않았다는 사실이었다. 지원은 한국도로공사 교통캐스터로 이직할 예정이었다. 말하자면 나는 지원의 후임이 되는 셈이었다. 그녀가 없는 것을 가정해야 가능한 세계. 생각해보면 그건 아주 오래전부터 내 마음속에 상상처럼 머물러 있던 세계였다.

*

같은 아파트 다른 동에 살았던 지원은 어렸을 때부터 나보다 키가 한 뼘쯤 컸었는데, 빠른 성장 탓인지 사두었던 옷이 맞지 않아 내가 물려 입은 경우가 많았다. 입는 옷이며 신발이며 분위기가 비슷하고, 같은 성씨에 생김도 어딘가 모르게 닮았다면서 자매가 아니냐며 묻는 사람이 많았다. 초등학교 이후 다른 중학교를 다니면서 자연스럽게 멀어지나 했지만, 고등학교에 들어가면서 다시 같은 반이 되었다. 반에서는 이름의 가나다순으로 자리에 앉았기 때문에 한지원 옆에 한주희, 내가 앉았다. 중학교 이전에도 그랬던 것처럼 사람들은 지원과 내가 사촌이고, 서로 닮았다는 이유만으로도 끊임없이 비교하고는 했다. 우리는 사람들의 그런 호기심 어린 눈초리를 의식해야 할 정도로 물리적으로 가까웠지만, 심정적으로는 퍽이나 소원한 사이였다.

　지원의 필통에는 내 것과 같은 펜들이 있었다. 어제는 분명히 나만의 펜이었는데 오늘은 지원의 필통 속에도 있었다. 지원은 그런 식이었다. 지원은 내게 한 번도 내가 산 물건들을 어디서 샀는지, 나도 한번 사볼까, 그런 말을 한 적도 없었다. 내가 쓰고 있는 것과 똑같은 펜을 사놓고, 가방을 사고, 머리핀을 사서는 능청맞게 옆자리에 앉아 있었다. 그럴 수도 있지, 왜 그게 어때서. 엄마는 그럴 수 있다고 했지만 나는 아니었다. 서로 비교될 바에야 똑같아지자, 그렇게 생각한 것처럼 지원은 내가 갖고 있는 것들을 따라서 사놓고는 했다. 지원 역시도 나처럼 비교에 대한 경계와 의식을 가지고 있었기 때문인지도 모르는 일이었다. 지원이 나를 의식한다는 사실을 내가 인식하고 있다는 것이 오히려 내게는 헤어날 수 없는 사슬처럼 느껴졌다. 벗어나려 몸부림칠수록 더 조여드는 사슬.

니들 진짜 쌍둥이 아냐? 친구들이 지원과 나에게 나란히 시선을 옮겨가며 장난처럼 던지곤 하던 그 말을 나는 몹시도 싫어했다. 어렸을 때 지원에게서 물려받은 옷을 입고 있으면 어른들이 어딘가 모르게 지원 같다고 했고, 성적이 오르면 같은 집안이라 그런지 지원에 비해 빠지지 않는다고 했다. 성적이 떨어지면, 지원이만큼은 해야지, 라고 한 건 엄마였다. 나의 운명을 지원과 나누고 있는 것 같다는 뻐근한 고통이 가슴팍을 짓누르고는 했다.

조금만 움직이면 쟁그랑하고 팔이 닿았던 그 좁은 책상이, 지원과 나의 세계였다. 내게 사춘기를 떠올리는 일은, 떼고 싶어도 떼어낼 수 없는 세계와의 연결고리를 어떻게든 절연하기 위해 골몰하던 시기를 반추하는 것과 다름없었고, 언제나 그 중심에는 지원이 있었다.

*

창밖으로 교통정보센터 벽면에 설치된 2백여 대의 관측용 모니터가 보였다. 서울 주요 지역을 비추는 수많은 교통관제 CCTV의 영상들은 도시의 도로와 도로를 한데 엮어놓은 거대한 회로처럼 보였다. 처음에 이곳에서 일을 시작했을 때 나는 관측용 모니터를 효율적으로 보기 어려워했는데, 그것들이 개별 정보의 합이라기보다 그저 하나의 정경에 가깝게 느껴졌기 때문이었다.

　—이걸 시간으로 이해해야 해. 매 순간 달라지는 시간의 흐름으로. 그럼 각 포스트마다 연결성이 생기는 게 보여. 이 시간대 어느 지역에서는 뭐가, 다른 지역에서는 어떻게 달라지고 있는지 유기적으로 파악할 수 있게 되는 거야. 길이 어떻게 순환하고 서로 영향을 주고받는지 한눈에 알아볼 수 있게 되는 거지.

　관측용 모니터 속에서 길을 잃고 방송원고도 제대로 쓰지 못하던 입사 초기의 내게 지원은 그렇게 얘기했었다. 정보가 아니라 시간을 붙든다고 생각하라고. 지원은 그렇게 말하면서 허공에 들린 채 내 엄지와 검지 사이에서 버둥거리던 볼펜을 낚아챘다.

　—그냥 모니터만 보고 있다가는 시간을 통째로 잃어버리게 되니까.

　지원은 볼펜 끝으로 내 어깨를 툭, 툭 건드리며 앉아 있는 나를 위에서 내려다봤다. 보라색 언더 마스카라를 얇게 덧칠한 눈썹을 뚫고 지원의 검은 눈동자가 바윗덩이처럼 쿵하고 내 머리 위로 내려앉을 것만 같았다.

　—어떤 포스트에 뭐가 있고, 무슨 일이 일어나고, 또 그런 것들이 교통 흐름의 향방에 어떤 영향을 줄 것인지 예측하고 계산하면서 통제할 수 있어야 해. 정보와 시간을 통제하는 게 핵심인 거야. 자 이걸 봐.

나는 일어나서 창밖의 관측용 모니터로 향해 있는 지원의 시선을 좇았다. 관측용 모니터들이 모여 있는 벽면 중앙의 큰 화면에 정체가 시작되고 있는 구간이 비쳤다. 그 오른편으로는 신월나들목에서 무리하게 껴들다가 승용차와 추돌사고가 난 화물차가 그 자리에 못박힌 것처럼 옴짝달싹하지 못하고 있었다. 그대로 멈춰 선 것은 차나 도로가 아닌 시간 그 자체인 것처럼 보였다. 매일같이 비슷한 시간에 정체가 시작되는 구간이 있는가 하면, 소통에 전혀 지장이 없다가도 추돌이나 사고로 인해 갑작스레 정체되는 구간이 생기기도 했다. 도로 위의 시간은 언제나 상대적인 개념의 형태였다.

—저건 그냥 거대한 개미굴 같지 않아? 복잡한 땅속 길을 층층이 오고가는 개미들을 보고 있는 것 같거든. 그래서 여기 있다 보면 간혹 흙을 뚫고 세상 밖으로 한 번도 나가보지 못한 개미의 일부 같다는 생각이 들기도 해.

그때 나는 지원의 그 말이 문득 외롭게 느껴지다 못해 왜인지 모르게 내가 가지지 못한 감정이라는 생각에 사로잡혔다. 지원이 가진 건 당연히 나도 가져야 한다는 이상한 집착을 떨쳐내지 못하면서.

—매시간마다 저 세계의 모습을 끊어서 정리해 말한다는 건, 표가 나는 일도, 쉬운 일도 아니지. 그런데 있잖아.

지원은 잠시 말을 끊고 얼마간 침묵하다가, 다시 말을 이어갔다.

—57분이라는 시간의 순환을 우리는 잘 지켜내야 해, 실수가 없게. 그건 방송의 룰이기도 하고 약속이니까. 그때그때 정보들이 제때 잘 전달되지 않으면, 순간적으로 어느 한 곳의 지체가 나비효과처럼 전 구간의 정체를 불러오기도 하니까. 작은 실수로 누군가 피해를 얻을 수도 있는 거라고.

　나는 지원의 말 하나하나를 마음에 새겼다. 방송에서뿐만 아니라 평상시의 생활 역시 매시간 57분을 중심으로 살아가려 애를 썼다. 다만 특정 시간에 맞춰 삶을 정형화하려는 그런 노력이 지원의 경험과 생각을 내 것으로 만들어내고야 말겠다는 욕심에서 비롯되었는지 아니면 단순한 성취의 욕구가 먼저였는지는 구분하기 어려웠다. 57분, 그 밖의 시간에 대해서는 생각할 수가 없었다.

　그래서 57분에 시작해 단 50초간 방송을 한다는 사실이 내게는 세상의 끝과 절벽을 등지고 서 있는 것 같은 기분이었다. 시간의 한정을 견제하느라 긴장한 심장은 늘 빨리 뛰었다. 조금이라도 발을 잘못 디디면 바로 낭떠러지로 떨어지고 말 것 같은 두려움이 꿈속에서도 나를 괴롭혔다. 그러나 무엇보다 고통스러웠던 점은 아마도 영원히 지원을 넘어설 수 없을지도 모른다는 내적인 절망과 열패감 같은 것들이었다.

*

　유준은, 동네의 성당에서 만나 알게 된 친구였다. 그와 나는 그렇게 친한 사이가 아니었지만 내가 성가대에 들어가면서 조금씩 가까워졌다. 성가대에서 지휘를 맡고 있던 유준은 게임이며 당구에 빠져 지내던 다른 남자아이들과는 달랐다. 음악을 좋아하는 그의 눈 속에는 내가 좋아하는 세계가 담겨 있는 것 같았다. 유준을 바라보고 서 있다가 돌아서면, 눈가에 그의 잔상이 남았다. 내가 뒤돌아보면 오래전부터 나를 쳐다본 것처럼 그 자리에 서 있던 그와 눈이 마주친 것도 여러 번이었다.

　유준이 지휘 동작과 함께 입을 벌려 노래를 할 때마다 그의 호흡이 내 가슴에 와서 닿았다. 처음에는 막막히 멀리 있던 그의 시선이 시간이 흐를수록 자주 나에게로 흘러와 멈췄다가 다른 쪽으로 돌아나갔다. 나는 알고 있었다. 내게 시선을 닿기 위해 부러 다른 파트로 시선을 돌린 다음 둘러 온다는 것을. 내게만 오래 멈추고 싶다는 떨림이 눈 속에 있었다. 다른 사람이 알아볼 수 없도록, 그의 시선은 아주 오랫동안 사람들 틈을 돈 다음, 마침내 나에게로 와서 깊게 머물렀다. 그는 매 순간 열정적으로 성가대 지휘를 잘해내려 애쓰는 사람이었고, 또 순간마다 깊이 내 눈을 들여다보고 싶어하는 이였다. 나는 그의 신중함과 절제가, 아직 닿지 않고 다가오고 있는 시선이 마음에 들었다. 나와 눈을 마주친 다음 다른 쪽으로 고개와 시선을 옮겨놓고 있는, 그의 옆모습을 바라보는 게 숨이 막히게 좋았다.

지원이 성당 성가대에 들어온 게, 학교 반 합창 경연대회 준비와 어째서 상관이 있는지 나는 알 수가 없었다. 사전에 내게 말 한마디 없이 갑작스레 성가대에 들어온 지원은 학교에서 합창 연습을 하다 성가와 노래에 관심이 생겨 입단하게 됐다고 자기소개를 하며 말했다. 지원이 성가대석 앞에서 환하게 웃고 있는 모습을 보는 동안 입술이 가느다랗게 경련했다.

—나도 노래 부르는 거 좋아해.

반 합창 경연대회하고 성가대가 무슨 상관이냐며 참지 못해 물었을 때, 펼쳐 보고 있던 악보를 손에서 놓지 않은 채 지원은 아무렇지도 않다는 듯이 대답했다. 그녀와 한 공간에 있다는 것만으로도 불쑥불쑥 가슴이 까맣게 타버리는 것 같았다. 화로 속에 던져진 종이처럼 쉽게 타버리는 마음이었다.

지원이 왜 괜히 성가대에 들어와서 신경쓰이게 하는지 모르겠다고 엄마에게 하소연하듯이 말했을 때 엄마는, 아무나 마음만 먹으면 들어갈 수 있는 성가대에 누가 들어오든 말든 네가 무슨 권리로 막아서는 거냐며 내 편은 들어주지 않고 오히려 역정을 냈다. 그러더니 그렇게 지원이 싫으면 네가 성가대를 나오면 되지 않으냐고 해 나를 절망하게 만들었다. 엄마는 단순하게 내가 지원을 얄미워하고 질투해 그러는 줄로만 아는지 철없는 년이 저거, 저거 하며 한숨을 내쉬었다. 내가 가지고 있는 것들을 모두 자기가 원래 가지고 있던 것처럼 행동하는 지원에 대한 불길함 때문이라는 것을 아무리 설명한다고 해도 엄마는 모를 것 같았다.

*

CCTV 화면 속에는 새벽의 어스름한 기운이 아직 갇혀 있었다. 몇 대의 자동차 헤드라이트가 어둠을 길 밖으로 밀어내면, 남겨진 길의 여백을 다른 차들이 차곡차곡 메워갔다. 그날의 CCTV를 다른 날의 것으로 바꿔놓아도 이상할 게 없는, 매일의 비슷한 풍경이었다. CCTV 안에는 길과 그 위를 지나다니는 차들 외에는 변하는 것이 없었다. 변화하는 계절과 시간은 카메라 밖에 있었고, 나는 길의 흐름만을 감각했다. 내 몸속 혈관을 통해 순환하는 피의 흐름과 정체를 꼼꼼하게 짚어내듯이 나는 세심하게 CCTV를 들여다봤다. 어제의 실수를 복기하는 건, 그래서 내 몸 아픈 곳을 건드리는 듯싶었다. 그 일은 계속 나를 괴롭혔고, 제작국에서 어떤 징계가 내려올지 몰라 내내 초조했다.

마음속의 불안과는 다르게, CCTV 속의 세계는 평온했다. 변하지 않는 길과 그 위로 오고가는 차들의 고요한 동적이 오히려 위로처럼 느껴졌다. 방송 시간까지는 1분이 남아 있었다. 창밖의 관측용 모니터를 바라보니 중앙에 있는 큰 모니터의 화면이 바뀌어 있었다. 사고현장이었다. 순간 송연해진 나는 아연한 표정으로 모니터를 바라봤다. 어제의 일도 제대로 수습하지 못하고 있는 상황이었다. 방송 직전에야 발견한 갑작스러운 사고를 두고 나는 그만 얼어붙고 말았다. 확대한 CCTV 영상은 사고현장을 눈앞에서 보듯 생생하게 비추고 있었다.

강변북로. 어제에 이어, 또 강변북로였다.

합정동과 연결된 강변북로의 일산 방향으로 향하던 차가 지하차도 입구 분리대를 들이받으면서 전복된 현장이었다. 30초 남은 방송 시간을 확인하면서 나는 어째서 이틀에 걸쳐 같은 도로와 구간에서 비슷한 시간에 사고가 날 수 있는가를 생각했다. 아마도, 입구 분리대가 시야보다 돌출된 것을 운전자가 확인하지 못했거나, 어떤 이유에서건 차선을 갑작스레 바꾸려다 분리대를 들이받아 일어난 사고 같았다. 동일한 장소에서의 연이은 사고. 그리고 어제도 느꼈던 어떤 기시감. 그 기시감이 나를 순간적으로 멈춰 서게 한 어제 장면을 떠올리며 나는 패닉에 가까운 혼란스러움을 느꼈다.

오늘 아침 다른 날에 비해 비교적 원활한 흐름 보이는 출근길인데요, 상습 정체 구간인 목동교에서 금천교까지 이어지는 서부간선도로 교통량이 다른 때보다 적어 소통이 잘되고 있습니다. 목동에서 구리 시계 방향 북부간선도로도 현재 원활한 흐름 보이면서 여유가 있는 편입니다. 다만 동부간선도로 녹

천교에서 상계교까지 서울 외곽 방향 정체는 감안하셔야겠습니다. 국회의사당 부근 하위 차로에 공사가 한창 진행중이어서 서강대교 이전부터 여의도 방향으로 차량들이 가다 서다 반복하면서 제 속도 못 내고 있습니다. 올림픽대로는 한남대교에서 여의도까지 서행이고, 같은 방향 강변북로는 일산 방향으로 마포대교에서 가양대교까지는 상대적으로 원활한 편입니다.

나는 미리 메모해두었던 내용으로 방송을 시작했다. 강변북로의 사고는 방송 이후에 본 것으로 해두면 될 것이었다. 어제처럼 방송 직전에 일어난 사고를 언급하다가 실수를 빚고 싶지 않았다. 한 시간 후 진행할, 7시 57분 교통방송에서 다루면 될 것이라고 생각했다.

—사고 난 거 못 봤어?

지원이 영하의 온도를 입김으로 불어가며 부스 안으로 들어왔을 때, 나는 잠시 잊었던 계절을 체감했다.

—그게······.

나는 제대로 대답하지 못하고 말을 얼버무렸다. 봤다고도, 보지 못했다고도 할 수 없어서였다. 당황하면 멈춰버리는 나였다. 무슨 말이라도 할까 하다가 그만두었다. 지원은 간밤에 집에 가지 않았는지 어제 입었던 그대로 옷을 입고 나타났다. 연두색 풀오버스웨터 위에 적갈색 맥시코트를 걸치고 앵클부

츠를 신은 채였다.

　─이런 사고는 시의성을 갖고 방송에서 제때 전달하는 게 중요한데, 놓치면 안 되지. 내가 몇 번이나 얘기했잖아.

　코트를 벗자 목을 다 덮은 스웨터를 뚫고 간신히 나온 것 같은 지원의 얼굴이 더 희고 창백해 보였다. 한쪽 손에 든 옷걸이에 다른 쪽 손으로 코트를 거는 지원의 앙상한 어깨의 움직임과 뒷모습이 인형극을 하는 사람처럼 과장되게 보였다.

　─어제 일도 있고 해서.

　─어제 무슨 일?

　─내가 사고 친 거.

　─그러니까 뭘 말하는 건데.

　까칠하고 퉁명스러운 지원의 말투에 점점 위축되는 마음을 어쩌지 못하다,

　　방송 직전에 또 어제처럼 사고가 나버려서, 또 실수할까봐 말하지 못했어.

　지원의 등을 바라보며 나는 솔직하게 말해버렸다. 자신감 없이 너무 작게 말을 해서 못 들었는지 관측용 모니터를 바라보고 있던 지원은 별말이 없었다.

　─어제 무슨 일 있었나봐?

　그 틈을 타서 나는 지원의 관심을 다른 쪽으로 돌리려고 조금 더 목소리를 크게 높여 물었다.

　─뭐라고 했어?

지원이 그제야 알아들었는지 되물었다.

—아니, 어제 집에 안 가고 다른 데서 잤나 해서.

지원이 나를 빤히 응시하다가 피식 웃었다. 언제 그렇게 나에게 관심이나 있었냐고 묻는 듯한 웃음이었다.

—교통 흐름은 주관적인 거야. 당장 흐름이 원활해 보여도, 어떤 시청자에게는 그게 지체일 수 있다는 말이지. 그러니까 객관적인 지표를 두고 서로 다른 흐름을 비교해주는 게 좋아. 평소에 비해 어떻다든가, 이런 식으로 얘기해주면 시청자들도 금세 알아들어. 그렇게 하기 위해서는 평소 교통 변화를 꿰고 있어야 한다는 말이야. 늘, 저 길들을 보고, 또 보면서……

—알겠어.

—뭐라고?

—알겠다고.

지원이 말을 멈췄다.

—어제 했던 말을 또 하고 있잖아.

나도 모르게 튀어나온 말이었다. 반복되는 그녀의 말이 잔소리처럼 느껴지기도 했고, 어제 일으킨 방송사고 때문에 예민한 탓인지 무심코 말을 사납게 뱉었다.

—슈뢰딩거의 고양이. 기억 안 나?

가만히 창밖에 시선을 두고 있던 지원이 몸을 돌리면서 말했다. 그 말을 듣자 나는 몸이 경직되는 게 느껴졌다. 지원이 교통방송 리포터로 일하고 있다는 사실을 들었을 때 그때 외면했어야 했다. 다시 만나지 말았어야 했다.

　—그 말을 지금 왜 꺼내는데?

　나는 자리에서 일어나 창 쪽 벽면에 기대 있는 지원과 마주 섰다.

　—그 시간에 일어난 사고에 대해 아무도 얘기하지 않는다면, 그건 일어난 것도 일어나지 않은 것도 아니야. 중첩된 상태로 존재하는 슈뢰딩거의 고양이처럼.

　—무슨 얘기를 하고 싶은 거야?

　—그러니까 사고 소식을 분명히 전했어야지.

　지원의 말이 오늘 아침 강변북로에서 일어난 사고 얘기를 하는 것이 아님을 나는 알 수 있었다. 그건 지원과 나 사이에 존재하는 깊은 무의식의 문제를 꺼내놓는 말이었다. 아주 깊숙이 밀어넣은 다음, 보지 않고, 외면하고 있던 그 이야기가 지금 이곳에 도착한 것이었다. 순간 죽어 있던 그 말과 이야기가 다시 살아난 것만 같아 나는 소름이 끼쳤다.

　그때 샘 스미스의 〈Leave Your Lover〉가 휴대폰에서 흘러나왔다. 7시 47분을 알리는 알람소리였다.

　—그 알람소리 좀 바꿔놓을 수 없어? 알람인지 음악을 틀어놓은 건지 구분을 할 수가 없잖아.

　부스를 나서려다 말고 지원이 사납게 말했다.

　그녀가 부스 문밖으로 나가고 나서 나는 휴대폰을 가만히 바라봤다. 샘 스미스의 곡은 어제 요란한 전자음으로 변경하기 전에 설정해놓았던 것이었다. 샘 스미스의 곡은 그러니까, 오늘은 알람으로는 들을 수 없어야 했다.

처음에 든 생각은 착각이겠지, 하는 것이었다. 하지만 착각이라고 치부해버리기에는 틈이 보이지 않을 만큼 정교하게 짜인 현재였다. 나는 언뜻 기시감이 드는 마음을 가라앉히고 차분하게 어제와 오늘의 일을 돌아보았다. 거기에 나의 착각이나 착시가 있는지 살펴보려는 것이었다. 그러나 그 두 개의 날이 선명하게 기억될수록 내적 의심은 더 크게 일었다. 거기에 더해 나의 정신이 실제와 가상을 구분하지 못할 정도로 피폐해진 게 아닌가 하는 불안이 엄습했다.

나는 휴대폰을 들어 바라보았다. 거기 뜬 날짜조차 정확히 증거하고 있었다. 내가 지금 존재하는 시간이 오늘이 아니라 어제 아침이라는 사실을.

*

—너희 둘은 닮았어.

나는 유준의 그 말을 못 들은 척하고 싶었다. 닮았다는 말까지는 듣고 싶지 않았다. 성가대원 몇이 유준이와 지원이 성당 밖에서 만나는 걸 봤다며 호기심을 감추지 못하고 말하는 것을 우연히 들었다. 흘긋 건너다보며 나를 의식하는 그들의 눈길을 나는 애써 외면했다. 그때 생각했다. 지원의 마법에 대해.

항상 내가 가진 걸 자기가 가지고 있던 물건처럼 만들어버리는 그녀의 능력에 대해. 지원에게서 벗어나려 할수록 뺏기는 것이 많아지는 운명에 대해.

지원이 유준과 만나고 있다고 해도 어쩔 수 없는 일이었다. 유준이 원래 내가 소유한 사람이라고 말할 수가 없는 이유처럼, 어쩌면 처음부터 내 것이라고 말할 수 있는 건 아무것도 없었는지도 모른다. 지원에 대한 패배를 그렇게 인정하는 것. 그게 어쩌면 내가 유준을 포기할 수 있는 유일한 방식인지도 몰랐다.

—지원이와 너는 사촌지간이라면서?

악보 피스에 연습할 성가들을 끼워넣다가 말고 나는 고개를 끄덕였다.

—그래서 그런가봐.

—뭐가?

—둘이 분위기도 비슷하고.

—비슷하고, 또?

옆에서 함께 악보를 정리하던 유준은 각을 세워 말하는 나를 의식했는지 아니, 사이가 좋아 보여서 그런다며 얼버무렸다. 얼굴빛이 엷게 붉어지는 유준의 모습을 봤다.

—지원이는, 아직 세례를 받지 않았어.

유준은 말없이 고개를 천천히 끄덕였다.

—아직, 악보도 잘 못 읽어.

덧붙여 말한 다음 나는 힐긋 유준을 흘겨봤다.

—그러니? 그런 건 내가 해줄 수 있어. 악보를 보는 것 정도는 어렵지 않게. 그 밖에 다른 것들도 도와주고 싶은데. 혹시 지원이가 또 도움이 필요한 게 있을까?

—아니…… 다 지원이가 알아서 할 거야.

나는 조금은 당황해서 말을 얼버무렸다. 지원에게 뭘 해줘야 한다고 말한 게 아니었다.

—그러고 보니 지원이는 결핍된 구석이 많은 것 같아. 내가 함께 채워줄 수도 있을 텐데.

유준이 그렇게 얘기했을 때, 그렇게 이해해버렸을 때, 나는 소중히 키워 마음에 달아놓았던 열매 하나를 땅에 툭, 떨어뜨린 것 같았다.

—그래서 말인데, 주희야. 나, 좋아하는 사람이 생겼어.

유준의 그 말이 가슴을 쓱 베었다. 그 얘기를 왜 나에게 하는 거냐며 묻고 싶었지만 참았다. 이미 지원에 대한 유준의 감정을 나는 확실히 알아버렸다고 생각했기 때문이었다.

—한번 고백해볼까 해.

내가 좋아하는 유준의 옆모습이었다. 다른 사람에 대한 감정과 고백을 얘기하는 유준의 모습은 내가 가지지 못한, 내가 좋아하는 얼굴이었다. 굳이 알지 않아도 될 것을 알아버려 염오감을 느끼게 된 사람처럼 나는 악보와 피스를 그 자리에 두고 성급히 일어섰다. 책상을 밀쳐내고 뒤따라오며 내 이름을 부르짖는 유준의 목소리가 희미하게 울렸지만, 성당 문을 열고 나갈 즈음에는 아무 소리도 들려오지 않았다.

*

57분이 이제는 순환하는 시간의 표식이 아니라 과거로 이끄는 이정표처럼 느껴졌다. 하루를 넘겨 과거로 향하면 거기에도 매 순간 '57분'이 있었다. 그것은 다음으로 연결되는 시간이 아니라 머무를 시간이었다. 1시간 중 3분의 시간이 남아 있는 것이 아니라 57분만큼 과거로 돌아가야 할 시간이었다. 역행하기 시작한 시간의 선형은 지난날들을 듬성듬성 생략하고, 점점 더 빠르게 과거를 향해 거슬러올라가고 있었다. 이와 같은 일이 어디서, 어떻게 시작되었는지는 알 수가 없었다. 그저 어떤 시간의 자기장에 떠밀리듯 과거를 향해 빠르게 향하고 있다는 것만을 인식할 뿐이었다. 과거의 상황과 순간이 세트장처럼 배열되어 있었고, 나는 거기에 놓인 채 기억의 흔적을 더듬었다. 기억이 현재가 되었지만, 절망스러운 것은 내가 그 시간의 의미를 전혀 알 수가 없다는 사실이었다.

―라디오를 들으면 문제가 뭔지 알아?

지원은 일할 때 말고는 라디오를 전혀 듣지 않는다고 했다. 과거로 향하는 낯선 일상 중에서 가장 중요한 일은 날짜를 확

인하고, 지원이 꺼낸 말들과 기억을 더듬어 내가 얼마만큼 과
거로 뛰어넘어왔는지를 확인하는 것이었다. 시간상으로 내가
어디쯤 있는지 알아보는 일이었다.

—시간이 가고 있다는 게, 너무 잘 느껴진다는 거야.

—알아.

—알아?

—그래, 알아. 시간이 가는 걸 모르고 싶어하잖아, 너는.

—어떻게 알았어, 그걸?

라디오에서 정각을 알리고, 방송 중간에 뉴스가 방송되고,
그리고 어느새 57분 교통방송이 들리면 벌써 한 시간이 가버
린 걸 알게 되니까.

지원의 그 말은 기억 속에 선명하게 남아 있었다. 어떤 말은
흩어져 보이지 않고, 또 어떤 말은 그대로 남아 있었는데 그중
어떤 말들은 예감처럼 들어맞았다.

—너한테 내가 언제 그런 말 했어?

—기억하니까.

—뭘?

—그때의 너를.

—무슨 소리야?

지원이 재차 물었다.

—시간이 나를 과거의 순간으로 옮겨놓고 있어.

—뭐? 왜 자꾸 이상한 소리를 해.

—아니, 어차피 너는 오늘의 나와 다시 만나지 못해. 너의 시간은 앞으로 가고 있고, 나는 계속 과거를 향해 가고 있기 때문에.

그건 이해의 문제가 아니었다. 받아들이거나 받아들이지 않거나 하는 문제도, 윤리의 문제도 아니었다. 이탈한 시간의 어깨 위에 올라탄 채 세월을 거슬러가고 있다는 것. 그것 말고는 설명할 수가 없는 문제였다.

—나는 너를 지나쳐서 과거의 어딘가로 향해 가고 있어. 그게 어디인지는 나도 몰라.

지원의 얼굴이 미묘하게 일그러졌다. 내 말이 어이없다고 생각해서 그러는지, 아니면 지금 돌아가는 상황을 제대로 따져보려는 것인지는 알 수가 없었다.

—말하자면 나는 계속 너를 지나쳐가고 있는 거야. 어제의 너를, 과거의 너를, 매일 지나쳐가고 있는 거야.

—어제의 내가 내일의 너를, 아니 오늘의 너를 매일 만난다는 의미야?

—그래.

—어제의 내가 내일의 너를 만난다고…… 그럼 주희, 너.

—얘기해.

수십 번을 얘기해도 설득할 수 없는 문제라는 것을 나는 안다.

—계속 직진하다보면 있잖아…….

그런데 방금과는 다르게 사뭇 상기된 표정으로 지원이 말했다.

—네 말대로 과거로 직진해서 계속 나아가다보면.

—나아가다보면?

—그 시절의 나를 만날 수도 있는 거야?

농담인지 진담인지 모를 표정으로 지원은 물었다. 내 말을 있는 그대로 믿고 있는지도 짐작할 수 없는 모호한 표정이었다.

—이렇게 계속 간다면, 그렇지 않을까.

—그럼, 유준이도?

*

우체국은 동네의 가장 높은 언덕 위에 있었다. 우체국으로 향하는 언덕길에서 좌측으로 꺾어 이어진 길을 따라가다보면 성당과 마주하고, 언덕을 올라 우체국을 지나쳐 반대편의 가파른 길을 내려가면 학교와 시내로 연결되었다. 유준은 자전거를 양손으로 끌고 언덕 끝까지 올라와 우체국에 들른 뒤, 시내 방향으로 내려갈 때는 자전거를 탔다. 유준은 그 언덕을 내려와 바로 보이는 사거리를 지나다, 갑자기 튀어나온 트럭을 미처 피하지 못하고 치여 즉사했다.

경찰은 자전거 브레이크 패드 마모가 심하기도 했지만 미끄러운 빙판길에서 제동이 걸리지 않았을 가능성이 크다고 했다. 가파른 경삿길에서 완만하게 이어지는 옆쪽의 구간으로 조금만 더 이동했어도 사고는 면할 수 있었을 것이라고 경찰은 얘기했다. 경찰은 경사로 끝에서 우체국 쪽으로 우회하려던 트럭 밑으로 유준의 몸이 반쯤 접혀 들어간 채 50여 미터를 끌려갔다고 당시의 상황을 설명했다. 두개골이 함몰된 상태로 사망했다는 말과 함께였다.

경찰은 그날 우체국에서 우편물 분류 아르바이트를 하던 나를 불러 참고인 조사를 했다. 사거리에서 일어난 큰 사고에 우체국 안에 있던 사람들까지 모두 뛰쳐나갔는데, 본인만 그곳에 남아 있었던 건지 경찰은 물었다. 사고를 당한 사람이 같은 성당에 다니던 유준이라는 사실을 몰랐냐며 물었을 때도, 나는 고개를 끄덕였다.

소식을 들은 지원이 전화를 걸어와 목울음을 터트렸다. 그녀는 유준이 사고를 당하기 전과 이후에 대해 정확히 알려달라고 빌다시피 말했지만 내가 해줄 말은 거의 없었다. 경찰서에서 얘기한 것과 별반 다를 것이 없었다. 나는 단지 우체국 안에 있었을 뿐이었다고.

아무것도 보지 못했고, 알지 못한다는 나를 향해 지원은, 유준의 죽음 앞에서 어쩌면 그렇게 평온하며 차분할 수 있는지 물었다. 가득한 슬픔과 더불어 어떤 의혹과 원망스러움을 내포한 목소리였다. 지원은 유준의 갑작스러운 죽음에 대해 절망하면서도 자기만큼 슬퍼하지 않는 나를 저주하며 까닭 모르게 의심하는 것도 같았다.

경찰 조사를 마치고 한참 후에 우체국 방향으로 돌아왔을 때는 시야가 불투명할 정도로 낮게 드리운 안개 때문에 앞쪽에서 걸어오는 사람도 섬망처럼 나타났다가 사라져버릴 정도였다. 사거리에는 사고를 일으킨 트럭도, 경찰도, 한참 사이렌을 울리던 앰뷸런스도, 지나는 사람조차 보이지 않았다.

나는 그 사거리 한가운데 우두커니 서서 생각했다. 텅 빈 사거리처럼 유준의 존재도 괄호 안에 닫아버리면 그만일 것 같았다. 우체국 앞에서 언덕 아래로 이제 막 출발하려던 유준의 등을 세차게 밀어버릴 때의 감촉 역시 생략하면 될 것 같았다. 무심하게 뻗은 두 손을 그의 등에 갖다댈 때, 순간적으로 숨어 있던 어떤 미움의 감정이 힘을 가득 실리게 한 것이라고 해도, 그 감정 역시 생략해버리면 되는 것이었다. 유준이 자전거와 함께 한번 휘청거리듯 흔들리며 가파른 언덕길을 내달려갈 때 문득 겁이 났었던 것도, 곧 알아서 멈추겠지 생각하고 숨을 참으며 뒤를 돌아 우체국 안으로 들어가버린 것도, 생략해버리면 될 것이었다.

존재를, 생략하면 아무것도 아닌 게 될 수 있을 것 같았다. 세상은 어제와 다르지 않게 흘러가고, 물이 비면 자동으로 채워지는 자동급수기처럼 그저 어떻게든 오늘을 채우는 것에 불과했으니까. 성가대에서 노래하던 그때, 나를 휘감던 유준의 눈빛이 실제 있었는지도 확신할 수가 없었다. 유준이 나와 어떤 관계이고 또 어떤 존재였는지조차도 누군가에게 제대로 설명해줄 수가 없었다. 지금은 없는 유준을 설명하는 일이라는 게, 그저 그 비어버린 사거리 같아서였다. 그때부터 얼마간의 시간이 지나 이제는 아무도 유준의 이야기를 꺼내는 사람이 없었을 때, 지원만이 유준을 기억하는 유일한 사람이었다.

　—슈뢰딩거의 고양이와 같아 그건.

유준의 기억을 놓지 못하고, 그날의 일을 또렷하게 말해달라는 지원에게 지쳐 나는 충고하듯이 말했었다.

　—네가 유준의 기억을 자꾸 떠올릴 때마다, 그 기억의 상자를 열 때마다 그 아이의 죽음이 드러나는 거야. 네가 그 상자를 열지 않으면 유준은 그 안에 어떤 식으로든 존재하게 된다고. 그러니 이제 더이상 그 상자를 열지 마.

고등학교를 졸업하고, 살았던 동네를 떠나오면서 지원과 나는 비로소 서로에게서 떨어질 수 있었다. 그러나 수년이 지나 큰엄마와 왕래가 있던 엄마를 통해 지원의 소식을 들었을 때, 나는 헤어날 수 없는 지원과의 운명적인 관계에 대해 진저리를 쳤다. 큰엄마네 둘째, 지원이 있잖니. 걔는 방송국에 진작에 취업했단다, 근데 넌 얼마나 더 준비를 해야 돼?

엄마의 말이 주문이 되어, 잊었다고 생각했던 지원과의 지난 시간이 커다란 파도처럼 밀려와 현현했다. 내가 생략하면 그만이라고 생각했던 일들이 괄호를 열고 당당하게 나를 바라보는 것만 같았다. 그때 내가 느낀 것은 지원에 대한 단순한 질시의 감정이 아니었다. 그것은 일종의 두려움이자 죄책감이었다. 나는 그제야 비로소 알 수 있었다. 내게 있어 그 기억의 상자 안에 갇혀 있던 것은 유준이 아니라 실은 지원이었던 것 같다고.

*

　―정말 네가 시간을 거슬러가고 있다면, 어쩌면 되돌릴 수도 있을까?

　과거의 시간으로 향하고 있다고 말하는 내게, 지원은 그렇게 물었다. 내가 어제의 그녀만을 만날 수 있다는 게 지원에게 어떻게 느껴질지는 모르는 일이었다. 농담이 뻔한 거짓말을 들은 것 같은 표정으로 지원이 말했다.

　―이걸, 주희 너에게 줘도 될지 사실 모르겠어.

　지원이 자신의 가방에서 꺼내 내게 건넨 것은 흰 바탕의 카드 봉투였다. 오래 간직했는지 봉투의 모서리마다 접혀 있거나 심하게 닳아 있었다. 접착한 봉투의 여닫이 날개 부분은 급하게 뜯어냈는지 반쯤 잘려나가 있었다.

　―하지만 네가 정말 과거로 향해 가고 있다면 이 편지를 가져가.

지원이 나를 물끄러미 바라봤다. 지원의 눈 속에 담긴 뜻이 무엇을 의미하는지 나는 추측해보려고 했지만 소용없었다. 자신이 나간 다음에 편지를 열어보라고 하면서 돌아선 지원은, 부스 손잡이를 잡은 채 나를 한 차례 돌아본 다음 문밖으로 나갔다. 다시는 볼 수 없을 것 같은 사람을 대하는 표정이었다. 지원의 뒷모습이 완전히 사라지고 나서, 나는 봉투를 열어 그 안에 담긴 카드를 꺼냈다. 봉투에는 유준이 사고가 났던 그날의 소인이 찍혀 있었다. 수신인은 지원이었다. 바로 그날 우체국에서 보낸. 그러니까 유준이 죽고 나서야 지원이 받을 수 있었던 카드였다.

지원.

며칠을 잠자리에 쉽게 들지 못하고 창문턱에 걸터앉아 하늘만 바라봤어. 누군가 마음을 내어준다는 게, 마음을 열어 자신을 드러낸다는 게 밤하늘에 저기 외롭게 떠 있는 별과 같은 일이 아닐까 생각했어. 부족한 나에 대한 갑작스러운 너의 고백을 나는 쉽게 떨칠 수가 없었어. 그리고 나는 미안해졌어. 솔직한 나의 마음을 너에게 전해야 한다고 생각했거든. 지원, 너라는 별은 스스로도 밝고 영롱하게 빛날 수 있을 것이라고 나는 생각해. 나는 그렇게 생각하기로 했어.

오래전부터 내 마음에 존재했던 사람이 있어. 사촌이니까 언젠가는 너도 알게 될 듯싶어서, 미리 얘기해주려고 해. 너와 닮은 별이지만 빛나지 못하고 어두운 그런 사람. 나, 주희를 좋아하고 있어. 그애의 어두움을 내가 밝혀주고 싶어. 좋은 마음을 건네주어서 고마워.

　유준.

　나는 오늘의 날짜를 일부러 찾아보지 않았다. CCTV 안에는 계절도 시간도 담겨 있지 않았다. 방송국으로 연결되는 콘솔박스의 전원을 켰다. 대니얼 시저의 〈Blessed〉가 흘러나오고 있었다. 이제 막 깨어난 세포들이 기지개를 켜며 일어나기 시작하는 것 같았다. 멜로디가 사라지고 광고가 시작될 때면 이성의 스위치가 켜지는 시간이었다. 몸속에서의 아우성들이 울음을 그치고, 세포들이 정돈하듯 자기 자리로 배열하는 시간이었다. 57분에 시계의 분침이 도달하면, 이제 그 시간과 함께 50초 동안을 걸어야 하는 것이었다. 그 시간만큼은 완전하게 나의 영역이었고, 나의 세포가 지배하는 순간이었다.

　한주희였습니다.

　나의 시간은 거기서 멈췄다. 그리고 다른 영역의 시간이 시작되는 시점이었다. 다시 다음 57분 교통뉴스 시간에 이를 때까지 CCTV 속의 도로를 염탐하고 훑으면서 그 시간을 기다려야 했다. 아마도 그렇게 계속 가다보면 결국 어제의 존재들과 다시 만나게 될 것이었다.

　나는 계속 전진할 거야. 오늘의 나를 어제의 너는 모르겠지만, 나는 계속 달려갈 거야. 나는 손바닥에 그 문장들을 써넣었다. 나는 비로소 이 시간의 의미를 알 것도 같았다. 무엇으로든 진실은 뒤바뀌지는 않는다고. 어떤 일들은 빈 운동장처럼 모두 사라져버리는 것 같지만 반드시 어딘가에 스며들어 있다고.

우리에게 있어서 구원

그해 나는 가톨릭 사제가 되려고 했었다.

만 서른 전까지만 신학대학교 편입이 가능했기 때문에 그해가 내게는 사제의 길로 들어설 수 있는 마지막 기회였다. 교적이 있는 성당의 신부님에게서 추천서를 받고, 예비 신학생 모임을 다니면서 신학대 편입을 준비하는 동안 나는 이제껏 걸어온 20대의 길에서 벗어나 한편으로 비켜서 있게 됐음을 깨달았다.

앞으로는 이전과 다른 방식으로 살아가야 한다는 사실로 인해 나는 깊은 고립감을 느끼곤 했다. 생생하게만 느껴지던 어떤 좋은 기억들도 언제 그랬냐는 듯 빛바랜 무성영화 필름처럼 낯설게 영사되기도 했다. 어쩌면 신의 길로 향하는 하나의 과정이거나 저항일지 모를 그 고독과 고립 속에서 나는 악몽을 꾸며 깨어나듯 가끔 몸부림쳤다. 예비 신학생 모임을 하며 오고가던 혜화의 거리에서 피어나는 젊음의 생동이 나와는 전혀 상관없는 일 같았다.

나와 함께 예비 신학생 모임에 다니던 준우의 얼굴에는 내 것처럼 보이는 쓸쓸함이 있었다. 우리는 각자의 마음 깊숙이 스며든 어떤 종류의 공허함과 소외를 서로 짐작할 수는 있었지만, 그것에 대해 직접적으로 말하는 경우는 거의 없었다.

—넌 결국 사제가 될 수 없을 거야.

모임을 마친 후 들른 식당에서 준우가 농담처럼 얘기했을 때, 나는 차라리 그렇게 됐으면 좋겠다는 자조적인 생각으로 이내 우울해졌다. 도로 중간에 멈춰서 견인차를 기다리는 차처럼 어딘가로 가려 애쓸 필요 없이 누군가 끌어줄 때까지 움직이지 않고 가만히 있으면 좋겠다는 생각마저 들 정도였다. 어떤 선택이든 양가감정이 존재하기 마련이니까. 나는 그 생각으로 자꾸만 의식을 비집고 헤어나오는 그런 반대 감정과 목소리들을 밀어냈다. 그렇지만 어떻게 돼도 그만이니까, 같은 생각이 왜 그렇게 강하게 의식 저변에 밀착되어 있다가 기회가 있을 때마다 튀어나오는지 알 수가 없었다. 사제가 되고 싶은 마음, 그리고 동시에 벗어나고 싶은 마음. 벗어나고 싶은 마음만큼은 숨기고 싶은 그런 마음 때문인 걸까.

—내가 포기하기라도 할 것 같아서?

준우에게 반문하며 나는 맥주가 들어 있는 잔을 들어올렸다. 입에 살짝 닿은 맥주 거품이 입술 안쪽에서 뭉개졌다.

　—넌 지금도 사제 같아 보이거든.

　준우의 머리 뒤로 소란스럽게 한 무리의 사람들이 들어오고 있었다. 그들은 다른 곳으로부터 자리를 옮겨 술자리를 이어가려는 사람들처럼 보였고, 그중 몇은 취기를 가누지 못하고 휘청거렸다.

　—그냥 보기만 해도 착해 보이잖아, 너는.

　빈 테이블로 향하던 무리 중 유난히 취한 한 중년남자가 실수로 준우의 어깨를 건드렸다. 준우는 옆으로 고개를 들어 자신을 건드린 노란 재킷을 입은 남자를 살짝 올려다보고는 다시 고개를 내 쪽으로 돌렸다.

　—사제가 되면 정말 잘 어울리겠다 싶은 사람들이 포기하는 경우가 있더라고.

　취한 무리들은 빈 테이블에 자리를 잡지 못하고, 취기에 들뜬 채로 목소리를 높여 말을 주고받고 있었다. 상대방의 말에 반박하듯 언성을 높이던 노란 재킷의 남자가 준우의 어깨 부근에 엉덩이께를 밀착하고 기대다시피 서 있자, 준우는 고개를 옆으로 돌려 남자를 훑어본 다음 자신의 팔꿈치로 신경질적으로 밀쳐냈다.

　—나처럼 전혀 어울릴 것 같지 않은 의외의 사람이 사제가 되는 경우가 더 많기도 해.

　준우는 히죽 웃더니 내가 잔에 부어놓은 맥주를 가볍게 들어서는 목을 젖혀서 넘겼다. 상체가 우람한 그에게 소품처럼 보이는 유리컵 때문인지, 맥주를 마시는 게 아니라 작은 잔에 담긴 에스프레소를 단번에 넘겨버리는 것처럼 보였다. 준우 곁에서 밀려나간 남자는 여전히 취기를 견디지 못하고 비틀거렸다.

—너는 그 길을 선택한 게 아니야.

농담조로 말하며 짓던 장난 어린 표정은 어디 가고 준우가 진지하게 말했다. 취한 무리의 사람들이 준우 뒤를 어지럽게 서성이고 있는 모습이 위태롭게 보였다.

—그쪽으로 도망가는 거지.

나와 눈이 마주친 준우의 눈꺼풀 한쪽이 떨렸다. 거짓말탐지기처럼. 그건 내가 어떻게 받아들일지 알면서도 싫어할 말을 하고 있다는 증거. 그가 종종 내게 직설할 때마다 나는 가늘게 떨리는 그의 눈꺼풀을 바라보고는 했다. 그게 취미인 것처럼 준우는 자주 사람의 마음을 건드렸다.

—넌 절실함이 없어.

어쩌자는 거냐며 속으로 중얼거리면서 나는 말없이 준우를 바라보았다. 그의 말에서 피어난 감정의 그을음이 가슴속을 새까맣게 태웠다. 그때 더이상은 못 참겠다며 자리를 박차고 일어선 건 내가 아니라 준우였다.

취한 무리 사람들이 오고가며 자신의 몸에 닿는 게 결국 거슬렸는지 준우는 벌떡 일어나 뒤를 돌아봤다. 무리의 사람들은 대부분 60대 이상으로 보이는 남자들이었다. 공통적으로 마른 사람들이었고, 키가 다 고만고만하게 작고 왜소했다. 술기운이 목이며 얼굴에 붉게 점화되어 있었다. 준우는 벌떡 일어나 뒤에 있는 사람들을 한 명씩 노려보더니, 자기보다 서른 살은 많아 보이는 사람들에게 들릴 듯 말 듯 욕을 섞어 경고하듯 말했다. 덩치가 좋고 키가 큰 준우에게 두세 사람이 가려질 정도로 상대방들은 몸집이 작았다.

나는 내 눈앞에서 뒤섞여 흔들리는 사람들의 모습을 약간은 취기가 오른 채 바라보고 있었다. 준우가 사제가 된다고 해도 그는 여전히 자신의 눈꺼풀이 심하게 떨리는 것과 상관없이 사람들에게 직설을 내뱉고, 곤란한 상황을 참아내지 못하면서 쉬이 분노하곤 할까. 그런 생각들과 함께 나는 준우가 내게 던진 도망이라는 말을 곰곰이 씹어보고 있었는데, 대체 어디로부터의 도망을 의미하는 것인지를 생각하다가 그게, 정혜에게까지 닿아 있다는 것을 그제야 알 수 있었다.

간혹 서점에는 자기가 만든 책을 소개하러 오는 사람이 있었다. 유동인구가 많은 도심지 한가운데 위치한 것도 아닌, 오래된 동네 사진관이며 세탁소, 미용실 같은 상점들에 묻힌 작은 동네 서점을 어떻게 알고 찾아오는지 모를 일이었다. 책을 입고시키려 하는 사람들은 종종 있었지만, 그렇다고 잘 팔리는 것은 아니었다. 게다가 언제까지 서점을 유지할 수 있을지도 알 수 없는 형편이었다.

수익을 신경써야 하는 일을 빼면 서점 안에서 오도카니 앉아 책을 읽는 시간만큼은 좋았다. 서점은 전면이 통유리로 되어 오후 한나절 내내 햇볕이 통째로 쏟아졌다. 책장의 한 페이지를 읽고 넘기면, 그만큼 빛이 옆으로 이동하고 있는 걸 체감할 수 있었다. 서점의 시간은 책장 사이에 있었다. 그 시간은 나른한 표정으로 담벼락 위에 올라앉아 졸음에 겨워하는 동네 길고양이의 그것과 같다고 나는 가끔 생각했다.

해리도 자신의 책을 알리기 위해 서점에 방문한 사람 중 하나였다. 독립출판으로 만든 책을 직접 서점에 홍보하고, 입고가 가능한지 알아보기 위해 찾아온 것이었다. 서점의 사정이 그렇게 녹록지도 않고, 책이 잘 팔리지도 않는다는 사실을 알려줬지만, 그녀는 자신의 책을 서점에 두고 싶어 했다. 해리는 그때부터 자주 서점을 찾아왔다. 이곳에 올 때마다 서점 안 유일한 원목 테이블에 앉아 책들을 읽다가 돌아가고는 했다. 서점 책장 한편에 놓아둔 해리의 책은 자신이 키우는 고양이와의 일상을 기록한 사진집이었다. 나는 가끔 그 사진집을 열어보았다.

하루 동안 서점을 들르는 사람이 많지 않아 해리의 방문은 일상과 책 속에 박혀 있던 시선을 잠시나마 들어올리게 했다. 해리는 지각이라도 한 것처럼, 그럴 필요가 없는데도 서점 문 안으로 가쁘게 뛰어들어오고는 했다. 나는 해리가 저 멀리서 오고 있는 모습을 투명한 유리벽 너머로 확인할 때마다 서둘러 책을 덮고 자리에서 일어났다. 해리가 서점 안으로 들어올 때마다 신기하게도 지금은 존재하지 않는 다른 계절의 냄새가 났다. 해리는 방금 내가 비켜난 자리에 앉아서 책을 읽곤 했다. 그렇게 같은 공간에서 동선을 달리하던 해리와 가까워지게 된 것은 그녀의 고양이, 잃어버린 고양이 때문이었다.

—혹시, 이런 고양이 본 적 없으세요?

키우던 고양이가 가출했다며 서점 문을 열고 들어온 해리가 사진을 내밀었다. 익숙한 표정과 몸짓의 고양이었다.

—알죠, 잘 알죠. 근데 사라졌어요?

—……잘 아신다고요?

나는 성급하게 알은체한 걸 곧 후회했다. 해리는 서점 주변이나 동네 어귀에서 자신의 고양이를 본 적이 있는지 물은 것이었는데, 나는 이미 그녀의 사진집 속에서 본 고양이를 서둘러 떠올려버린 것이었다.

—어떻게…… 아, 사진집 보셨구나.

의아함에 치켜올려진 눈썹이 그 이유를 짐작하고 나서는 다시 미소와 함께 내려앉았다.

—집을 나가서요.

미소 띤 낯빛이 금세 사라지며 해리가 힘없이 말했다.

—고양이는 영역 동물이라 멀리 안 가는데, 겁이 많아서 몸을 숨기면 잘 못 찾거든요.

고양이가 멀리 못 간다면 동네 근방 어딘가에 있지 않겠냐며 나는 해리와 서점 밖으로 나섰다. 이곳저곳 돌아다니며 주위를 훑었지만, 고양이의 흔적을 찾을 수는 없었다.

—저기.

무엇인가 본 것처럼 골목 어귀에 서 있던 검은색 미니밴 쪽을 가리키며 달려가는 해리를 나도 따라갔다. 밴 밑을 두리번거리는 해리 옆으로 다가가 두 무릎을 땅에 맞대고 빈 공간을 살펴봤지만 그 아래 있는 것은 다른 길고양이였다. 무릎을 털고 일어나면서 찾고 있던 고양이가 아니라는 얘기를 전하려는 찰나, 사선으로 교차하는 해리의 시선과 잠깐 마주쳤다. 굽혔던 허리를 완전히 편 그때는 해리의 시선이 이미 나를 지나친 상태였다. 잠시 마주쳤던 해리의 눈빛이 조각으로 잘려 바람개비처럼 눈앞에서 빙그르 돌았다.

—아니네요.

—아닌 건가.

해리가 실망한 낯빛으로 중얼거렸다.

—괜히, 죄송해요.

해리가 고개를 푹 숙이며 말했다.

—바쁘실 텐데, 제가 다른 방법을 찾아봐야 할까봐요.

해리는 그렇게만 말하고는 서둘러 뒤돌아섰다. 나는 발걸음을 옮기는 해리를 그저 바라보다가 무슨 생각인지 모르게 손을 뻗어 그녀를 불러세웠다

—저기요, 저기.

해리가 반쯤 고개를 돌렸다. 착각인가, 그렇게 생각한 것처럼 그녀는 다시 고개를 바로 하고, 두서너 걸음을 앞서 걸어갔다. 그때, 해리에게 말을 걸지 않았더라면, 그녀가 앞으로 걸음을 내디뎠을 때 그 걸음을 멈추게 하지 않았더라면 나는, 나는 그녀의 세계에 속하지 않은 그런 사람으로 남아 있었을까. 그녀가 내게로 방향을 틀었을 때, 나의 삶의 방향도 함께 그녀 쪽으로 얼마간 움직인 것 같았다.

—조금 더 같이 찾아봐요, 아직 이 근처에 있을지 모르잖아요.

날이 저무는 순간이었는데, 붉은 해를 뒤에 두고 서 있는 그녀의 앞모습이 검게 그을린 것처럼 어둑하고, 아까 나를 보던 그 눈빛만이 형형하게 빛나고 있었다.

정혜에게서는 가끔 연락이 왔다. 아직 나와 함께 근무했던 회사를 다니고 있는 정혜는 내가 알 만한 사람들의 안부를 뜬금없이 전해주기도 하고, 그 자신이 근래 시작한 운동이 건강에 도움이 된다며 일러주기도 했다. 서점이 잘되는 것은 아니지만, 되도록 매출에 연연하지 않고 지내려 한다는 말에 그녀는 한심하다는 투로 정신을 차리라고 말하기도 했다. 정혜가 왜 회사를 나가서 그 고생이냐며 버릇처럼 내게 충고를 하고 나면, 나는 그게 정혜가 잘 살고 있다는 증거인 것만 같아 내심 기분이 나아지기도 했는데, 평소 그녀를 생각하면 나는 몹시도 어두워졌기 때문이었다.

우리 언제 한번 볼까, 라고 정혜가 그렇게 말하면 나는 아무 말 없이 침묵했다. 정혜도 내 침묵의 의미를 아는지 그냥 해본 소리라며 얼버무리고는 했다. 나는 되도록 온건하게 정혜에게서 멀어지고 싶었지만, 가끔 정혜는 수시로 그 간격을 무마하고 좁히고 싶어 했다.

—그러게 연락을 받지 말았어야지.

스타벅스에서 만난 준우는 내게서 정혜 얘기를 듣자마자 그렇게 대구했다. 이른봄이 시작된 혜화의 스타벅스에는 어두운 톤의 점퍼와 패딩을 입은 사람들과 밝은 무늬의 가벼운 옷을 껴입은 사람들이 교차하고 있었다. 어두운 톤의 점퍼를 입고 있는 사람들은 아주 오랫동안 그 자리에 있어온 것 같았고, 문을 열 때마다 빛을 등에 이고 온 것 같은 밝은 무늬의 옷을 입은 사람들은 언제든 바깥으로 나갈 준비가 되어 있는 것 같았다. 준우와 마주하고 있던 나는 우리가 그곳의 겨울옷과 봄옷의 사람들 어디에도 섞이지 못한 고립된 존재 같다는 생각이 들었다. 그즈음 유독 사람이 많은 곳에서 그런 감정을 느끼곤 했다.

—정혜가 너를 놓지 못한다기보다 네가 놓으려 하지 않는 것처럼 보이잖아.

나를 꾸짖는 듯한 말투였다. 그의 서슴없는 말들은 나를 초라하게 했다. 그러고 보면 준우는 내 편에서 공감해주기보다 직설의 언어로 나의 마음을 베는 일이 많았다. 상처를 내지 않으면 자꾸만 뒤를 돌아보게 충고하는 듯이.

─너는 죄가 뭐라고 생각하니?

나는 문득 생각난 말을 준우에게 던졌다. 준우는 사이즈 업해 주문한 돌체라테를 손바닥으로 움켜쥐고 뱅글뱅글 돌리며 나를 바라봤다. 준우에게 섞지 말고 층을 살려 마셔보라고 여러 번 권유했지만 소용없었다. 준우는 흔들어 마시기 위해 늘 라테를 선택하는 것 같았다. 그는 순순히 무엇인가를 그대로 두는 법이 없었다.

─그건 갑자기 왜?

준우가 뜬금없이 뭐냐는 표정으로 반문했다.

─그냥, 생각나서 물어본 거야.

─죄를 짓지 않고 사는 사람이 어딨어. 그것도 삶의 일부지.

신경쓰지 않고 싶다는 듯 건성으로 답한 준우가 이번에는 나를 말끄러미 바라보더니 물었다.

─혹시, 정혜 때문에 그런 생각을 하는 거야?

─그런 것 때문이 아니라.

─그건 정혜를 위하는 게 아니야.

─그만하자.

나는 뭔가를 들킨 사람처럼 얼굴을 붉히며 말했다. 준우가 뒤이어 뭔가를 더 말하려고 했을 때, 나는 자리를 박차고 일어나 문을 열고 밖으로 향했다.

해리의 고양이는 결국 찾을 수가 없었다. 고양이를 잃고 크게 상심한 듯 보였던 해리는 이전보다 자주 서점에 들렀고, 그저 가만히 앉아 책을 보면서 시간을 보냈다. 이전처럼 해리가 오면 자리에서 일어섰던 나는, 이제 그녀의 맞은편에 그대로 앉아서 책을 읽었다. 서점 일을 마치고는 저녁 오후 시간에 별다른 일 없이 함께 산책을 하거나, 한강변에 나란히 앉아 일몰에 덮이는 도시의 풍경을 바라보기도 했다. 공대 졸업 후 한 기업의 엔지니어로 일하다 다시 입시 준비를 한 끝에 인근의 의대에 합격하게 되면서 이쪽으로 이사를 오게 된 것이라고 했다.

—전에 다니던 직장 봉사동호회에서 한 병원의 호스피스 병동에 자원봉사 나간 적이 있었거든. 그곳에서 일하던 의료진의 모습을 보고 나도 저렇게 누군가를 도우면 좋겠다고 생각했어. 그 병원 근처에서 떠돌던 아픈 고양이를 데려오게 된 것도 그때고.

해리가 강 건너 빌딩 쪽을 멀리 바라보며 한동안 꺼내지 않았던 자신의 고양이에 대해 말했다. 나이가 같은 해리와 자주 시간을 보내면서 말을 놓고 지내기로 할 무렵이었다.

—같이 지내면서 위로가 되었는데, 이제 어떡하면 좋을까. 그동안 내가 너무 무심해서 떠나간 건가.

자책과 섭섭함이 뒤섞인 그녀의 쓸쓸한 표정이 마주 오는 바람 속으로 밀려들어갔다. 한강을 바라보며 나란히 앉아 있다가 해리가 말을 할 때 옆모습을 바라보고 있으면, 바람의 유속에 따라 헤엄치듯 그녀의 눈가가 커졌다가 작아졌다가 했다.

　　—아닐 거야.

　　—그래?

　　—주인을 닮아 다른 누군가의 위로가 되어주러 떠나간 건 아닐까?

　　조금 후 그렇게 생각하면 좀 나아질까, 하고 미소 짓는 해리의 눈가에 엷은 주름이 파였다. 별다른 말없이 나란히 앉아 그저 주위를 감싸고도는 바람의 결을 느끼는 게 이상하리만치 마음을 평온하게 하는 날이었다.

　　한강변 산책을 마치고 돌아가는 길 양쪽에 늘어선 가로수 사이로 손톱달이 보였다 사라지기를 반복했다. 비가 오고 청명해진 날씨 때문인지 구름 없이, 검다못해 투명해 보이는 밤하늘이었다.

　　—사제가 되고 싶다고 했잖아. 왜 그런 생각을 하게 됐어?

　　나란히 길을 걷던 해리가 하늘을 쳐다보며 물었다. 그런 질문을 종종 받긴 했지만, 해리가 그렇게 물었을 때는 그 투명한 밤하늘이 모두 땅 아래로 꺼지는 것 같은 착시가 일었다. 어쩐 일인지 해리의 물음에 어지러움을 느껴서였다.

—글쎄⋯⋯.

　나는 선뜻 대답하지 못하고 고개를 돌려 해리의 옆모습을 바라봤다. 해리의 표정은 혜화동 스타벅스를 드나들던 밝은 옷을 입은 사람들 같았다. 그때 뭔가 나는 이 검은 세계에 그대로 멈춰버리고, 해리는 밝은 옷으로 갈아입고 볕이 드는 문 쪽으로 걸어갈 것만 같은 생각이 들었다. 그것은 내가 영원히 넘어설 수 없는 문이라는 생각을 하자 해리와 같이 걷다가도 이따금씩 서러워졌다.

　—죄를 짓지 않고 싶어서.

　해리가 가만히 나를 옆으로 돌아보더니,

　—죄를 짓지 않고 싶어서 사제가 되겠다고?

　하고, 다시 물었다.

　—응, 아마도 그런 이유로.

　말을 마치기도 전에 터진 해리의 웃음이 가로수길 밖으로 메아리처럼 울렸다. 그러고 보니 해리가 그렇게 활짝 웃는 모습은 처음이었던 것 같았다.

　—정말, 오랜만이야.

　—뭐가?

　—나를 웃게 만든 거. 엄마가 아빠와 〈해리가 샐리를 만났을 때〉라는 영화를 보고 너무 좋아서 내 이름을 해리로 지었다는 걸 처음 들었을 때만큼, 정말 웃겨.

　해리는 웃음을 연발해 터뜨리다가 참지 못하겠다는 듯이

멈춰 서서 한참을 웃었다. 그러고는 다시 발걸음을 내디딜 때 해리의 손가락 몇 개와 나의 손등이 덜그럭 소리가 날 것처럼 맞부딪쳤다. 두 손이 엉켜 누가 뭐랄 것 없이 가볍게 손을 마주 잡았을 때는 해리의 웃음도 이제 막 진 꽃잎처럼 잦아들던 순간이었다.

그때의 일을 떠올리면 나는 어려워지곤 한다. 그 순간적인 감정의 교차가 내게 불러일으킨 복잡한 감정의 정체에 대해 알 수 없어 자꾸만 돌아봐야 했기 때문이다. 누구와도 관계의 진전을 생각할 수 없는 처지에서 시작된 그 감정은 후회와 자책이었다가 시간이 지나서는 어떤 열망으로 돌아오기도 했다.

—그런데 왜 그때 일이 생각나는 걸까.

같이 걷던 해리가 혼잣말처럼 중얼거렸다. 그녀의 손이 내 손가락 사이로 파고들어와서는 힘을 주어 움켜쥐었다.

—아빠.

—남동생이 대학을 졸업하고 취업한 직장에 첫 출근을 하기 전이었어. 당분간은 함께 여행 가기 힘들 것 같아 동생과 함께 제주에 같이 간 적이 있었거든. 그때 사려니숲에서 아빠를 우연히 본 거야. 엄마가 아닌 다른 여자의 손을 잡고 우거진 숲을 올려다보던 아빠의 모습을 말이야. 난 아빠의 그런 얼굴을 본 적이 없었어. 엄마를 대할 때는 표정이랄 게 없었거든. 다른 사람의 손을 맞잡고 기대감에 찬 모습으로 웃는 모습을 본 적이 없었던 거야.

—동생도 함께 본 거야?

　—아니, 동생은 나를 앞질러만 갈뿐, 내가 왜 그렇게 굼뜨게 뒤처져서 얼음처럼 굳어 있는지 알아채지 못했어. 삼나무들이 높게 솟아 드리운 숲길 풍경에 압도당한 줄로만 알고 있었겠지.

　—다른 사람을 아빠로 착각할 수도 있는 거잖아.

　해리는 나를 말끄러미 쳐다봤다.

　—아니, 못생겨서 부끄러운 내 것과 꼭 닮은 아빠의 손가락들이 가지런히 여자의 손을 감싸고 있었어. 그걸 모를 수는 없지. 숲속의 많은 사람들 틈에서 내게는 아빠의 희고 못생긴 손가락이 제일 먼저 보이더라고.

　—그래서 어떻게 했는데?

　—아빠와 여자가 마주잡은 손이 사람들의 인파에 묻혀 점점 사라질 때까지 동생 몰래몰래 바라봤지. 아빠가 무척 기분 좋은 듯이 여자와 맞잡은 손을 허공에 던진 것도 기억해. 누가 잡아끌어간다고 해도 흔들리지 않을 정도로 단단하게 엉킨 것 같은 그 손을 말이야.

　그때의 장면이 선명히 보이는 것처럼 해리는 가는 눈으로 앞을 뚫어지게 쳐다보며 말했다.

　—이제 더이상 아빠가 보이지 않게 됐을 때, 나는 직감했어. 나는 아마도 아빠를 잃을 것이라고.

　해리가 사는 동네 초입에 도착했을 때는 어느덧 어스름한 어둠이 자욱이 깔린 상태였다.

　—그런데 그거 알아?

　—어떤 거?

　—그런 건, 사실 잃는 게 아냐. 버리는 거지.

　해리는 대수롭지 않게 말했지만 그건 그녀가 내밀하게 품고 있던 비밀 하나를 열어서 내게 보인 것을 나도 모르지 않았다.

　—이제껏 내가 만났던 사람들도 그때의 아빠와 다르지 않았던 것 같아.

　해리가 고개를 돌려 나를 바라봤다. 뭔가를 알아보고 싶어하는 눈빛으로.

　—죄를 짓고 싶지 않다고 했지?

　—응.

　나는 고개를 끄덕였다.

　—그렇다면 나에게도 죄를 짓지 않아줄 수 있어?

　그때의 감정을 어떻게 설명할 수 있을까. 농담이라는 듯 해리는 웃어버렸지만, 그녀의 눈빛은 답을 바라는 것 같았다. 그 눈빛 너머로 그녀가 감당해왔을 상처와 오래된 비밀의 무거움이 고스란히 내게 옮겨졌고, 나는 그 무게를 받쳐들 준비라도 하는 듯 몸에 힘을 준 채 우두커니 서 있었다.

　'넌 절실함이 없어.'

　그때 준우가 내게 했던 그 말이 떠오른 것과 동시에, 해리에 비해 상대적으로 가볍게만 느껴지는 나의 존재가 추처럼 들어올려지는 것 같았다. 그런 해리에게 나는 지금 어떤 의미여야 하는 걸까, 그런 물음들이 머리를 복잡하게 했다.

　사제가 되지 않겠다고 선언한 것은, 준우였다.
　방통대 뒷길 쪽에서 낙산공원으로 향하는 계단길에서 준우가 그 얘기를 꺼냈을 때는 이제 막 여름 한철이 지나가고 있을 때였다. 사람들은 빈 몸에 가깝게 옷을 입기 시작했고, 준우와 나는 그때까지 두 겹 정도의 옷을 껴입고 다녔다.
　—내가 사제가 되는 게 신의 뜻은 아닌 것 같아서.
　큰 몸을 헐떡이며 계단을 오르면서 준우는 천연덕스럽게 말했다. 준우의 선택과는 별개로 그의 그런 태도가 심기를 불편하게 했다. 이제 와서 신의 뜻을 핑계로 그만두겠다고 말하는 게 앞뒤가 맞지 않기도 했고, 불합리하다고 여기는 일들에 쉽게 분노를 표출하던 그의 심지가 이제 와 가소롭게 여겨져서였다.
　—겁나서 그런 거야.
　—누가?
　준우가 버럭 소리를 질렀다.
　—너.
　—말이면 다냐? 그런 거 아냐.
　—아니긴.

—아니라고!

계단을 내려오던 앞쪽의 남녀가 우리 쪽을 힐끗 쳐다봤다. 그즈음 우리는 만나면 늘 그런 식이었다. 서로를 미워하고, 보고 싶어하지 않으면서도 서로가 잘 견디는지 확인해보고 싶어 만나고 있는 것처럼. 준우가 숨을 가쁘게 내쉬다가 멈춰 섰다.

—고통스러워서 그래.

준우가 숨을 할딱이며 말했다.

—너도 알잖아. 나 성격 지랄맞은 거.

준우의 낯빛이 쓸쓸하고 거칠어 보였다.

—그런 게 무슨 상관이라고.

—내가 가진 걸 포기하는 게 잘 안돼. 그걸 거슬러야만 신의 뜻을 받을 수 있는데 그게 잘 안돼. 고통스러워.

오르막길을 걷는 게 힘이 든 건지, 아니면 그런 내면의 갈등이 견딜 수 없는 것인지 표정을 일그러트리던 준우가 양쪽 무릎을 두 손으로 짚으며 허리를 굽혔다. 나는 준우가 이제 다시는 마음을 돌리지 않을 거라 짐작했다.

—죄가 뭐냐고 내게 물은 적 있지?

—응, 아마도.

—그때부터였어, 이렇게 고통스러운 게.

준우는 나를 한번 쳐다보고는 고개를 양옆으로 절레절레 흔들었다. 그의 이마와 구레나룻 옆으로 땀방울이 느리게 배어나왔다. 준우는 곧 온 힘을 쓰듯 인상을 찌푸리며 허리를 세운 다음 말했다. 마치 화가 난 듯이.

—신의 뜻을 받아내지도 못하면서 사제가 되겠다는 게, 내겐 죄야.

나는 혼자가 된 것 같았다.

내가 예비 신학생 모임을 나가지 않기 시작한 것도 그즈음이었다. 해리와 함께하는 시간이 많아질수록 나는 어떤 선택의 문제에 직면하고 있다는 사실을 자주 깨달았다. 사제가 되고 싶다는 나의 지향은 그대로였지만, 이제는 순수하게 그것에 대해 생각할 때마다 해리의 존재가 함께 떠올랐다. 그리고 그 양상은 이제 내게 어느 한쪽으로의 선택을 요구하고 있는 것 같았다. 사제가 되는 것과 해리와의 미래를 생각하는 것은 함께 공존할 수 있을 만한 것이 아니었기 때문이었다. 내가 신의 세계를 지향하려고 했을 때, 나는 이미 그 세계에 속해 있는 사람이었다. 해리는 그 세계 바깥에 존재하고 있는 사람이었다. 어느새 해리에 대해 생각할 때면 나는 이제, 그 세계 안에 존재하지 않는 사람이었다. 내게, 신의 세계 밖에서 잡고 싶은 것이 생긴 것이었다.

—사제가 되고 싶어하잖아.

예비 신학생 모임에 가지 않고 있다고, 더이상 갈 계획도 없다며 고백처럼 다짐하는 나에게 해리가 말했다. 왠지 해리에게서 그 말을 듣는 게 내게는 이질적으로 들렸다.

—다른 삶의 의미를 찾아보려고. 굳이 그 길을 가지 않더라
도.

—진심이야?

해리가 조심스러운 어투로 물었다. 그녀는 더는 묻지 않았
다. 나는 그날 해리를 떠나지 않고 박명이 찾아올 때까지 내내
함께 있었다.

해리와 내가 상처와 기억을 가감 없이 주고받을 수 있었던
것은 우리의 관계가 어떻게 이어질지 전혀 예상할 수 없었기
때문이었거나 그럴 가능성이 없다고 생각해서였다. 모름지기
해리와 나의 관계의 크기는 서로의 상처를 자양분 삼아 점점
자라나고 있었다. 그렇게 함께 공유했던 상처들은 그녀가 나
를, 내가 그녀를 떠나야 하지 않을 이유들로 서로의 몸안에 스
며들어 잠기고 있는 것 같았다.

그러나 서로에게 꺼내놓았던 상처들은 우리가 관계의 깊이
를 키워갈수록 가끔 미묘하게 비틀렸고, 그래서 배타적으로
밀어낼 수밖에 없는 성질의 것이 되기도 했다. 그런 상황 앞에
서 해리와 나는 종종 당혹스러워했다. 정혜의 문제가 바로 그
런 것이었다.

해리와 함께 있을 때 몇 번쯤 정혜의 연락을 받았다. 전화가
오는 걸 확인하고도 받지 않는 존재에 대해 해리는 신경을 쓰

는 눈치였다.

─예전에 만났다던 그 사람?

해리가 짐작한 듯 물었다. 나는 고개를 끄덕였다.

─그런데 왜 아직까지 연락을 주고받는 건데?

나는 대답을 망설였고, 해리는,

─이유가 있는 건가봐.

그렇게 말하고는 대답을 기다리는 듯 나를 지그시 바라봤
다.

─죽어버릴까봐. 그 애는 언제나 혼자였어.

그건 사실이기도 했지만 할 수 있는 말이 그것밖에는 없었
다. 해리는 내게서 시선을 거둬 다시 책으로 가져갔다. 차분한
듯 보였지만 애써 불편한 감정을 누르고 있는 것 같았다. 경직
된 듯 솟은 어깨 밑으로 내려트린 두 손을 해리는 동그랗게 말
아쥐었다.

─있잖아.

허공으로 고개를 돌리며 해리가 말했다.

─나 요즘, 동물들의 죽음에 점점 무뎌져가나봐.

테이블을 비추던 볕도, 서점 밖에서 들리던 새소리나 서점
옆 미용실에서 들리던 동네 아주머니들의 소리도 모두 사라
진 때였다. 해리의 목소리만이 또렷하게 들렸다. 해리는 학교
에서 동물들을 대상으로 해부실습을 할 때마다 힘들어하고는
했다.

—다행이다.

무심코 답한 말에,

—다행이라고? 뭐가?

해리의 눈빛이 날카롭게 세워졌다가 흩어졌다.

—실험동물에게는 안된 일이지만, 죽음에 무뎌지는 게…….

—너는 몰라.

해리가 내 말을 끊어내며 말했다.

—동물들 죽음 자체가 아니라, 그애들이 죽음에 이를 때까지 찔러가는 게 아무렇지 않은 게 무섭단 말이야, 나 자신이.

정색을 하며 나를 처다보던 해리가 창백한 기색으로 한마디를 덧붙였다.

—누구든 죽일 수 있을 것 같아 걱정이 될 정도로.

정혜의 존재가 해리와 나 사이로 튀어나왔을 때, 서로가 취했던 태도는 우리가 각자 삶의 문제를 해결하는 방식이 완전히 달랐음을 의미했다. 그것은 해리에게도 나에게도 아직 지워지지 않은 상처들이 그대로 존재하고, 무의식적으로 여전히 스스로를 방어하고 있다는 것을 증명하는 것이기도 했다.

—해리 씨라고 했나?

—응.

나는 고개를 끄덕이며 준우를 바라봤다. 공원으로 오르는 길의 중간쯤이었다. 노란 셀로판테이프를 통과한 빛이 준우의 안경을 물들이는 것 같은 오후의 노을이었다. 그의 안경에 비치는 혜화가, 이 도시가 조금은 쓸쓸해 보였다.

—그 사람이 네게 어떤 존잰데?

—모르겠어.

내가 고개를 젓자 준우가 내 어깨를 손으로 두드렸다.

—도피처는 아니겠지?

준우는 예의 그 삐딱하고 냉소적인 말투로 나에게 말했다.

—무슨 말이야?

—현실로부터 도피할 곳으로 삼은 건 아닌지 생각해보란 말이야. 요즘 힘들어하고 있잖아. 사제가 되는 것도, 정혜로부터 연락을 받는 것도.

언젠가 준우가 내게 사제가 될 수 없을 거라던 말을 나는 떠올렸다. 견인차가 나를 끌어주었으면 하고 무기력하게 침잠하던 그때의 감정까지.

—아니야, 됐어. 내가 괜한 얘기를 꺼냈어.

내가 싫은 내색을 하자 발끈한 준우가 따지듯 물었다.

—너의 삶을 누군가가 감당해줄 것 같아? 신이? 아니면, 해리 씨가?

나는 어쩐지 준우의 비난을 오롯이 감수하고 있는 것만 같은 느낌이 들었다. 곁에서 바라본 준우의 눈빛 끝에 매달려 있는 것은 사제를 포기한 사람의 홀가분함이 아니었다. 어딘지 모를 그의 쓸쓸함이, 지향해야 할 세계를 잃어버린 사람의 표정 같다고 나는 생각했는데, 자세히 보니 그의 얼굴이 어쩐지 나의 모습과 닮아 보여 소름이 끼쳤다. 그때 나는 문득 우리가 지향하던 신의 길이 단순히 지금의 현실을 탈피한 다른 차원의 삶은 아니었는지 하는 의구심이 들었다. 그래서 더 낯설기만 한 그런 세계였다고, 자기 생의 익숙한 세계를 깨트려야만 받아들일 수 있는 그런 고독한 세계라는 것을 미처 알지 못했던 것이라고.

—넌 이제 어떻게 할 건데?

준우에게 물었다.

—글쎄. 세상 끝 절벽에 선 기분. 세상에 내가 믿었던 게 다 사라진 기분이라고 할까.

자주색 빛의 해가 빠르게 도시 밑으로 사라지고 있었다. 빛은 준우의 머리 뒤로 넘어가고 도시는 차가워지고 있었다.

정혜에게 다시 연락이 온 것은, 독감으로 열이 치솟아 학교에도 가지 못한 해리를 보살피느라 잠시 그녀의 집에 머무를 때였다. 해리는 밤새 입이 마르는지 자주 깨서 물을 찾았다. 열이 오르면 해열제와 물을 먹이고, 잠을 잘 못 자면 옆에서 작은 목소리로 책을 읽어줬다. 해리의 침대 옆에 얇은 이불을 깔고 잠시 누워 있다가 설핏 잠이 든 새벽이었다. 갑자기 휴대폰 벨소리가 정적 속에서 들려왔다. 한동안 벨소리가 이어졌다가는 끊겼다가 다시 울렸다. 조금 후 벨소리가 멎은 후 뒤따라 들려온 해리의 목소리에 나는 눈을 떴다.

─선우 씨와 만나고 있는 사람인데요.

나는 몸을 일으켜서 해리의 목소리가 들려오는 쪽을 바라 봤다. 식탁으로 쓰고 있는 작은 테이블 옆에 다른 사물들과 같 이 짙은 어둠으로 스케치되어 있는 해리의 뒷모습이 보였다. 적요한 침묵이 이어지다 이내 해리가 입을 열었다.

─여보세요.

해리가 다시 말을 건넸지만 이내 정적 속에 신호음이 들렸 다. 상대편이 전화를 끊은 것이었다.

─그분이야.

나를 알아보고 해리가 말했다.

─그분에게 전화해줘.

해리는 갈라지는 목소리로 차분하게 말하며 담요를 어깨 위로 끌어올렸다. 거실 커튼 틈 사이로 시퍼런 새벽빛이 새어 들어와 나와 해리 사이의 경계를 만들어냈다.

─이제는 연락하지 말아달라고 얘기해줘. 내가 보는 앞에서.

나는 그때 해리가 자신에게 죄를 짓지 않을 수 있겠냐면서 농담처럼 말했을 때의 눈빛을 떠올렸다. 너만은 다르겠지, 라 는 뜻의 눈빛. 그것은 다른 여자의 손을 잡고 있던 아버지와 텅 빈 존재로 관계 맺었던 남자들로 인한 불신의 경계로부터 흘 러나온 것이었다. 해리의 그 눈빛이 그녀가 겪은 상처에 대한 경계와 불안이 만들어낸 것이라는 사실을 잘 아는, 같은 방식으로 상처 입고 싶지 않아 하는 그녀의 절실함을 이해하는 내가, 지금 그런 그녀를 배반하려 하는지 몰랐다.

—못 해.

고개를 숙인 채 한동안 침묵하던 해리가 의자 밑으로 털썩 주저앉아 울기 시작했다. 되도록 참으려다 끝내 터트리고 만 듯한 목울음이었다. 그 울음이 내게는 너무나 견딜 수 없을 만큼 무겁게 느껴졌다. 그런 울음은 처음이었다.

그렇게 새벽이 물러가고 있었다.

해리와는 며칠 동안 연락이 되지 않았다. 전화기가 꺼져 있거나 혹 신호가 가도 받지 않았다. 메시지를 연이어 보내도 해리에게서는 답이 없었다. 그렇게 1주일이 지나서야 해리는 직접 서점으로 예고 없이 찾아왔다. 오래 앓은 것처럼 창백한 낯빛이었다. 안색이 좋지 않은 그녀를 걱정부터 하자 해리는 해부실습 시간에 미정맥 채혈을 제대로 하지 못한 탓이라며 신경쓰지 않아도 된다고 했다.

—내가 찔러댄 실험용 마우스가 대여섯 마리는 돼.

해리는 손가락을 접어가며 실험하는 데 사용한 쥐들의 수를 세었다.

—경구투여를 하느라 괴롭힌 실험용 마우스가 세 마리, 꼬리 정맥에서 피 뽑느라 찔러댄 마우스가 대략 다섯 마리.

손가락들을 쥐었다 폈다 하는 해리의 얼굴에 건조한 습기가 곰팡이처럼 피어나는 듯했다. 온기와 채도의 구분이 없어 보이는 그저 하얀 바탕의 손바닥에 메마른 그녀의 감정들이 다른 혈관으로 이동하지 못한 채 갇혀 있는 것 같았다.

─그리고 있잖아.

해리가 양손을 힘없이 내려뜨리며 말을 이었다.

─안와, 심장에서 채혈하다 죽인 마우스가 각각 한 마리.

그렇게 죽인 실험용 쥐들을 차례대로 세어 말하다가, 해리는 고개를 들어올렸다.

─차라리 그렇게 죽여버린 건 아무렇지도 않은 거 있지.

해리가 담담하게 얘기했다.

─난 늘 누군가를 죽이고 있는가봐.

그렇게 말하고 잠시 뜸을 들인 후 해리가 내 이름을 불렀다.

─너한테 할말이 있어.

목의 혈관으로만 울리는 가느다란 목소리 같았다. 해리는 어떤 기대도 갖지 않고 있다는 듯이, 그게 꼭 내가 아니라 이 세상의 것에 대해서도 그렇다는 듯이 조금은 귀찮은 듯한 목소리로, 아니 어쩌면 그건, 그녀가 최대한 힘을 낼 수 있는 목소리로 하는 말인지도 몰랐다.

─원하던 대로 사제가 돼.

─넌 죄가 뭐라고 생각하는데?

아주 오래전에 묻고 싶었던 질문이 갑자기 생각났다는 듯이 준우가 물었다. 그의 질문을 뒤로하고 서점 문을 열어놓자, 사람들의 발걸음소리가 나지막하게 들렸다. 몇 개의 낙엽들이 서점 안쪽으로 굴러들어왔다. 사람들은 한 겹씩의 옷을 더 껴입는 동안 나는 여전히 지난 계절의 옷을 입고 있었다. 나는 이곳에 더는 오지 않는 한 사람을 생각했고, 이제는 원한다고 해도 들어갈 수 없게 된 신의 세계에 대해서도 생각했다.

—그런 질문이 지금 내게 무슨 의미가 있겠어.

—그런가? 괜한 질문을 해버렸네.

준우가 한숨을 내쉬었다. 그런 준우의 긴 한숨이 뻗어가다가 소멸되는 것을 나는 잠시 바라봤다. 나는 그 한숨을 밀어내고 싶었다. 이 세상의 숨들을 밀어내고 남은 진공상태에 있는 내 모습을 상상했다. 숨과 호흡이 없는 세계.

—부끄러움.

나도 모르게 속에서 튀어나온 말이었다.

—부끄러움을 느끼지 못하면 죄를 인식할 수 없으니까. 알면서도 행동하는 게 죄 아닐까.

—넌 부끄러움을 느껴?

준우가 물었다.

—그래.

—시간이 지나면 괜찮아질 거야. 그런 감정도.

—아니.

나를 바라보는 준우의 눈이 커졌다가 이내 작아졌다. 열기를 다한 태양빛이 준우의 머리끝부터 사선으로 타고 내려가 얼굴 전체를 주황빛으로 물들였다. 곧 있으면 허물어질 밀랍 인형처럼 준우의 얼굴이 푸석거렸다. 준우가 고개를 돌려 멀리 시선을 내던졌다. 불그스름한 태양빛을 머금은 반대편의 건물이 잔해처럼 낡아 보였다. 왜 사제가 되고 싶으냐는 해리의 말에 솔직하게 대답할 수 없었던 그 순간을 나는 떠올렸다. 흔적이 될 또다른 길을 만들어가고 싶지 않다고 고백할 용기가 없었다. 그건 알면서도 행하는 부끄러움이었다. 그 망설임 때문에 나는 신의 세계에 들어갈 자격을 잃어버렸는지 모른다.

―언젠가 말이야, 준우.

―말해.

―걸어온 흔적 위에 또다른 흔적들이 쌓이며 이젠 찾을 수 없을 만큼의 세월이 흐르면 그땐, 지우고 싶은 부끄러움 같은 건 느끼지 않을 수 있을까.

준우와 눈이 마주쳤다. 어쩐지 몸에서 한 계절이 빠져나가는 느낌이었다. 내가 꾸는 꿈은 무엇이었을까. 그리고 그것은 꿈이라고 할 수 있는 것일까. 나는 우리 앞 테이블에 가만히 골동품처럼 멈춰 서 있는 모래시계를 뒤집었다. 갇혀 있던 시간이 쏟아져내리기 시작했다.

소리 만들기

이제 소리와는 상관없어지고 싶다고 했을 때, 정우는 반문하듯 말했다. 네 인생에 소리 없이 존재했던 순간이 있기나 했니, 쓸데없는 얘기야. 정우의 목소리는 낮고 굵었다. 단어 마디마디가 선명해서 그 말 안에는 빈틈이 없었다. 기분이 좋지 않을 때 정우는 언제나 입술을 많이 열지 않고 얘기하는 편이었다. 정우가 꼭 그럴 때면 서늘하고 날선 긴장이 등을 타고 흐르곤 했다. 그거 말고 할 줄 아는 게 있다면 모를까. 정우는 냉소하듯 덧붙여 말했다. 나를 어느 정도 꿰고 있다는 듯이 정우는 요즘 부쩍 그렇게 나에 대해 단정지어 말하는 경향이 있었다.

　관계는 속박되는 거야. 서로가 서로에게. 그러니 너도 나에게 소원하면 안 돼. 나 역시 너에게 속박되어야지. 그런 게 진짜 연인 관계인 거야. 회사에서 사귀는 관계로 발전하면서 정우가 그렇게 얘기했을 때, 나는 그의 말보다는 그의 단단하고 정돈된 음성이 마음에 들었다. 고개가 갸웃거려지는 부분이 없지 않았지만 그거야 연애 초반에 흔히 상대방에게 부러 보이기도 하는 애착 같은 것이라고 생각했다. 게다가 그의 낮은 음성이 주는 신뢰감이 나는 좋았다. 그의 음색이 낮게 포복한 채 함부로 나의 온몸을 샅샅이 훑고 파고들려 할 때마다 나는 적극적으로 몸을 맡겨 그의 목소리를 받아들였다. 정우와 함께 걸을 때면 그의 목소리를 외투 삼아 두르고, 그와 밥을 먹을 때면 그가 내는 음성만으로도 배고픔이 사라졌다. 나는 그를 쳐다보지 않고 목소리만으로도 살결이 닿는 것 같았는데 그것은 일종의 충만함이었다. 사람에게서 그런 감정을 느낀 것은 정우가 처음이었다.

다만 정우에게는 그런 한결같은 목소리만 있는 것은 아니었다. 그의 목소리는 때로 무겁고 둔중한 해머 같기도 했다. 그런 무거운 소리가 먼저였는지 아니면 주먹으로 뒤통수를 타격한 게 먼저였는지는 아무리 떠올려봐도 기억나지 않는다. 그때 얼굴 위로 팔을 치켜든 게 눈으로 빗발쳐 들어오던 천장의 빛을 가리기 위해서였는지 혹시나 있을지 모를 정우의 다음 행동을 막아내려던 본능적인 행동이었는지 역시 나는 기억하고 싶지 않지만 그때의 장면은 자주 떠올라 나를 괴롭혔다.

어느 날은 집에 들어오려는 정우에게 오늘은 집이 엉망이라 밖으로 나가는 게 좋겠다며 현관 앞에서 실랑이를 벌인 적이 있었다. 갑작스레 그가 나의 목덜미를 손아귀로 잡아 밀자 나는 속수무책으로 뒷걸음질쳤다. 그가 채 마르지 않아 젖은 나의 머리채를 잡고 욕실로 들어가 이마께와 뺨을 연이어 때리는 바람에 나는 그대로 바닥에 내동댕이쳐졌다. 그때 정우가 가슴 깊이로부터 끌어내 지르는 소리는 내가 한 번도 들어보지 못했던 그의 목소리였다. 나를 욕실에 내버려둔 채, 그는 자기 자신도 통제하지 못한 어떤 존재가 내면에 있는 것처럼 거실에서 소리를 지르며 혼자 싸워댔다. 그의 그런 모습을 보며 나는 무기력을 느꼈다. 이완되지 못하고 벌어진 상처 틈으로 보이는 건 내가 아니라 그였다. 그의 분노가 크고 작은 외부의 압력을 견디다 못해 터진 스트레스라고 이해하려는 것으로 나는 그로부터 짓이겨진 상처를 덮고자 했다. 그를 앞서 이해하려는 마음가짐 탓인지, 나는 그가 그와 같은 폭력에 대해 미안하다고 말하기도 전에 이미 연민을 느끼고는 쉽게 그를 용서하고는 했다. 그 연민이 어디서 기인하는 것인지도 모르는 채.

그날 이후 정우는 거리낄 것 없이 집을 드나들었다. 정우는 예전처럼 내게 시간이 있는지, 집에 있는지, 집에 가도 될지 같은 질문은 더이상 하지 않았다. 그와 나 사이의 거리가 시간에 따라 자연스럽게 좁혀졌다기보다는 그런 물리적인 방식으로 정우는 내 삶 안으로 들어왔다. 그가 과격하게 행동할 때마다 내 영역은 점점 사라져갔다. 그런데도 그를 거부하기보다 연민하는 이유를 가끔은 나 자신조차 알 수 없었다. 내가 그를 연민하고 허락하는 대신 내 삶의 반경은 점점 그의 목소리로 채워졌다. 내가 자신을 비워가는 만큼 그가, 그의 목소리가 내 안으로 들어왔던 것이었다.

어떤 일이든 장단이 있는 거야. 나는 정우를 보며 어릴 적 피아노학원에 보내면서 엄마가 내게 했던 말을 떠올렸다. 내가 자주 학원에 가기 싫어했기 때문에 그럴 때마다 엄마는 나를 세워두고 어떻게든 설득을 해야 했다. 학원 가는 게 익숙해지면 지금 싫은 것들도 아무렇지도 않게 되는 거야, 아무렇지도 않게. 넌 재능이 있어. 그걸 포기할 수는 없지.

정우의 폭력을 점점 더, 짧은 주기로 허락하게 되면서 간혹 떠오르는 엄마의 말을 나는 기도하듯 되뇌었다. 세상일은 그렇지, 정말이지 마음의 일일지 모른다고, 그저 마음의 문제일 뿐이라고 몇 번씩이나 다짐하다가도 결국에는 나도 모르게 엄마의 말들을 신경질적으로 중얼거리고 있다는 것을 깨달았다. 그때 나는 정우가 타이머를 켜둔 채 어떻게 분노를 응축시켰다가 터뜨리는지 왠지 알 것도 같은 심정이 되었다.

소리를 맞힌 거야? 피아노학원을 다닌 지 얼마 되지 않은 어느 날이었다. 학교에서 울리는 종소리를 엄마에게 들려주겠다며 피아노 앞에 앉아 종소리 멜로디의 음을 쳐내자 엄마는 기특하다는 표정으로 나를 내려다봤다. 나는 그런 엄마를 올려다보며 앉은자리에서 몇 번이나 학교에서 울리는 종소리 멜로디를 반복해 연주했다. 손으로 건반을 자유롭게 누르면서도 시선은 엄마에게로 향해 있었다. 엄마는 피아노 옆에서 팔을 걷지르고 그런 나의 모습을 대견하다는 표정으로 지켜봤다. 손가락으로 건반을 누를 때마다 그 음의 해머가 현을 치는 이미지가 머릿속에 그려졌다. 나는 건반을 바라보지 않고 그 이미지를 생각하는 것만으로도 내가 생각하는 소리를 연주해낼 수 있다는 사실을 그때 처음 알았다.

엄마는 그러나, 소리로 그려낸 이미지들을 함께 볼 수 있는 사람은 아니었다. 내가 소리를 기억하고 있거나 혹은 떠올린 음들을 피아노로 연주할 수 있다는 것에 관심을 갖기보다는 점점 연주하는 음들이 본래의 소리와 일치하는지만 채점표를 들고 확인하려는 사람처럼 굴었다.

맞지? 그 소리 맞지? 엄마는 동네 아주머니들 앞에서 종종 피아노 연주를 하게 한 후에 아주머니들에게 확인하듯 묻곤 했다. TV에서 흘러나오던 광고음악, 성당에서 묵상 시간에 오르간으로 들었던 반주까지, 소재도 조금씩 넓어져갔다. 한 곡을 다 연주하고 건반에서 손을 떼면, 그제야 엄마는 마음이 놓이는 듯 잔뜩 긴장한 얼굴 근육을 풀고 웃음을 지었다. 가희만큼 피아노 잘 치는 애를 못 봤다니까, 천재야 천재, 아주머니들 사이에서 그런 소리가 오가고 나서야 나는 엄마와 아주머니들의 시야를 피해 자리를 뜰 수 있었다. 그쯤 되면 기분이 한껏 좋아진 엄마가 거실의 식탁으로 먹을 것을 내오고, 누구네 애는 영어가 어떻고, 누구네 애는 발레가 어떻다며 식탁에 둘러앉은 아주머니들이 정신없이 아이들 이야기로 빠져들기 때문이었다.

나는 그 틈을 타 주방에서 유리컵과 물을 들고는 방으로 향하고는 했다. 물이 없는 유리컵을 펜으로 이리저리 때려보다가 물을 조금 부었다. 물이 든 쪽과 없는 쪽의 소리가 달랐다. 물을 조금 더 채웠다. 물이 없는 공간의 청명함을 장조로, 물이 들어 있는 아래쪽을 단조로 구분해 펜으로 두드려보기도 하고, 물을 채운 쪽은 강도를 실어 두드리며 묵직한 저음을 끌어내는 한편 비어 있는 부분은 스네어드럼처럼 얇고 가벼운 소리가 나도록 해서 한데 어우러진 리듬을 만들어가기도 했다. 컵 안에 물을 더 부은 다음 장단에 맞춰 소리를 내면, 내가 들어보지 못한 음의 조화와 리듬이 생겨나기도 했다. 나는 그렇게 만든 음들을 머릿속에 묶어놓은 다음에 차례대로 음표로 적거나 직접 피아노로 연주해보기도 했다. 물이 든 컵과 펜을 쥐고 나만의 소리를 만들어가는 과정은 그 어느 것과도 견줄 수 없는 기쁨을 안겨주는 나의 유일한 놀이였다.

엄마가 스크랩하듯 저장해놓은 연주곡들은 영국 왕실의 근위병들처럼 내 머릿속에 일사불란하게 정렬되어 있었다. 엄마가 원하는 소리를 연주해야 할 때는 정기적으로 제식에 맞춰 근무교대를 하는 근위병들처럼 엄격하게 통제되고 정형화된 소리를 하나씩 꺼내오는 느낌이었다. 반면 컵 하나로 만들어 내는 소리는 어떤 옷도 걸치지 않은 채, 근위병들을 놀리듯 그들의 머리를 타고 궁중 밖으로 뛰어나오는 것처럼 느껴졌다. 내게 소리를 만든다는 것은 그런 것이었다. 그런 기분이었다.

대학을 졸업하고 회사에 갓 들어간 신입 시절, 나는 새로운 게임 개발 프로젝트에 사운드디자이너로 합류하면서 처음 정우를 만났다. 정우는 그 프로젝트를 총괄하는 팀장이었다. 실용음악과에서 음향을 전공했던 나에게 사운드디자이너라는 직업이 어색하거나 낯선 것은 아니었지만 게임 회사에서 구체적으로 어떤 방식으로 일하는지에 대해서는 알지 못한 채 합류한 상황이었다. 그런 나에게 관심을 가지고 다가온 것이 정우였다. 프로젝트에 참여한 사운드개발팀의 선배들이나 다른 부서의 동료들보다도 더 친근하게 그가 느껴진 것도 그런 이유 때문이었다. 그는 다른 팀원들보다는 유독 내게 일하는 방식이나 세부적인 진행 사항에 대해 잘 알려주었다. 게임의 전체적인 흐름 안에서 사운드디자이너에게 요구하는 역할과 시야를 내가 다른 사람들보다 빠르게 익히고 키울 수 있었던 것은 그런 정우의 조언 때문이었다. 다른 직원들과는 대체로 건조한 거리를 유지하는 편인 정우는, 종종 내게 다가와 회사 생활에 필요한 것들을 챙겨주곤 했다. 어떤 날은 조언이었고, 또 어떤 날은 손에 쥔 간식거리였으며, 또다른 날은 은밀한 구애

이기도 했다. 가급적 비밀스럽게 정우는 행동했지만 그럼에도 나에 대한 정우의 편애와 관심이 감춰지지는 않는지 그 때문에 나를 불편하게 여기는 사람들이 더러 있다는 것도 나는 눈치껏 알 수 있었다. 신입임에도 불구하고 나를 어려워하고, 거리를 두고, 마주치는 것도 싫어하는 사람이 생겨나기 시작했으니까. 벌어진 사람들과의 간격, 그만큼의 틈에 정우가 있었다.

그의 오래된 습관이야, 라는 뜻밖의 말을 들은 건 정우와 사귀기 시작한 지 얼마 지나지 않아서였다. 사운드개발팀에서 작곡을 맡아 하던 주은 언니에게서 들은 말이었다. 주은 언니는 그나마 회사에서 안면을 트고 지내는 몇 사람 중 하나였다. 너에게는 너무 빠르게 접근하더라, 라는 말로 시작한 주은 언니의 이야기는 정우가 과거에도 유독 여자 신입사원들과 내밀한 관계를 맺어왔다는 사실까지 이어졌다.

일종의 공식처럼, 비슷하게 그러더라고. 신입사원에게만 친절히 대하고 잘 챙겨서 나도 처음에는 직무에 대해서 원래 잘 알려주고 그러나보다 생각했지. 그런데 아니더라고. 정우 팀장과 그런 관계에 있던 직원들은 모두 그만뒀어.

나는 되도록 주은 언니의 말을 되새김하려 하지 않았지만, 그 얘기들은 밤의 불침번이 되어 나를 잠들지 못하게 했다. 정우와 주은 언니가 전해준 이야기들과 정우가 만났던 과거의 여자들이 밤새 메뚜기떼처럼 날아드는 것 같은 기이한 악몽을 자주 꾸다 깨어나곤 했다.

처음에는 손찌검이었다. 주은 언니의 말이 아니었다면 묻지 않았을 것이었다. 정우와의 관계가 깊어져서가 아니라 곁에 그밖에 없었기에 허락한 그 관계를 나도 한 번쯤은 되짚어봐야 했었다.

그의 과거에 대한 말을 꺼내자마자 그는 내 뺨을 후려쳤다. 한 번인가 휘청거렸던가. 어쩔해진 걸 참지 못하고 나는 주저앉아 손가락 끝으로 바닥을 짚었다. 내 앞에 선 사람이 내가 사랑하는 이라는 것과 바로 전에 나를 때린 사람과 같다는 걸 그때의 나는 인정할 수 없었다. 쭈그려앉은 나의 무릎을 그가 발길로 걷어찼을 때 그는 내 눈길에서 분명 읽었을 것이었다. 전과 다르게 피어난 반감과 적의를. 하지만 그는 아랑곳하지 않고 주먹 쥔 손을 자신의 어깨까지 끌어올린 다음 나의 눈언저리를 내려쳤다. 그런 눈빛을 다시 보내지 말라는 듯이. 시린 통증과 함께 밑바닥으로 내려 떨어진 시선의 끝에 주은 언니가 내게 해줬던 말 그림자가 언뜻 비쳤다.

그런데 왜 저에게 그런 얘기를 하시는 건지.

그저 평범한 꽃이며 열매처럼 보이는 식충식물들이 있어. 곤충들이 포충낭 안으로 들어가면 진액에 빠져 허우적거리다가 잡아먹히고 마는 거지. 예를 들자면 그래. 정우라는 인간, 겉은 화려한 식충식물과 다를 바 있을까 싶어. 나는 그곳에서 간신히 빠져나온 사람이고. 그래서 너를 보며 그냥 지나칠 수가 없겠더라고.

포충낭 안에 빠져버린 곤충이, 이를테면 그게 저라는 얘기인가요?

나를 향해 얼굴을 돌리고 고개를 끄덕이는 주은 언니의 눈빛이 선명했다. 단정하게 올려 묶은 머리와 시폰블라우스, 청바지까지 한눈에 훑으면서 나는 이제 막 정우에게 피어난 의구심 대신 묘한 질투감에 휩싸였다. 그러고 나서 그저 지나쳐버리고 말았던 주은 언니의 나머지 말이 내가 다시 고개를 들어 정우를 올려다보았을 때 희미하게 떠올랐다. 정우가 다시 손을 들었을 때 절망적으로 팔을 치켜든 그사이 그 말은 몹시도 선명하게 나의 의식 속에 윤곽을 드러냈다.

이런 얘기는 안 하려고 했는데, 꼭 당신이 아니더라도 누구나가 잠재적으로 그의 표적이 될 수 있다는 말이지. 특히 신입 여직원이라면.

유저들에게 중요한 건 사용감이야.

정우는 가상의 게임이라도 유저가 실재처럼 느끼지 못하면 몰입하지 못한다고 자주 강조했다.

경험감을 완성하는 것은 소리야. 모든 게 가짜더라도, 감촉과 소리만큼은 진짜여야 해. 그러니까 소리를 만들어내는 사운드디자이너가 얼마나 중요한지 알겠지?

헤드폰을 끼고 캐릭터의 동작을 살펴볼 때마다 나는 정우의 그 얘기를 떠올렸다.

원화가들이 먼저 그려놓은 캐릭터들의 삽화를 살펴보면서 이제 나는 곧잘 그들 각자의 중량을 먼저 가늠하고는 했다. 그러고는 디자이너들이 입체적으로 표현한 캐릭터들에게서 습관과 걸음걸이를 체크해 메모했다. 철모와 철창을 들고 은색 장화를 신은 캐릭터는 창의 무게감까지 나타낼 수 있도록 차갑고 묵직한 쇳소리를 집어넣고, 주인공을 공격하는 늑대 무리의 발자국은 낙엽이 땅에 닿을 때처럼 가볍고 음험한 소리로 들릴 수 있게 했다. 뚱뚱한 캐릭터가 팔자걸음으로 걸어갈 때 나는 소리를 만들어내기 위해 마른 체형부터 비대한 체형까지 체중별로 걸어다니는 모습을 상상해 분류했다. 그러고 나면 적요했던 헤드폰 속에서 점차 소리가 들려오는 것 같았다. 나는 그 이미지들 모두가 사라질까 얼른 낚아채 소리로 만드는 작업을 시작했다. 이미지가 사라지면 소리도 사라질 것이었다. 이미지가 변색되거나 사라지지 않도록 하기 위해 오랜 시간 자리에서 일어나지 않고 작업에만 몰두하는 일이 많아졌다. 정우는 뚱뚱한 캐릭터의 발걸음소리를 위해 만들어간 여러 사람의 체형별 소리에 대해 특히 만족해했다.

정말 적확한 소리야. 예민하게 들려.

칭찬을 듣고 나서부터는 정우가 소리를 비교할 수 있도록 여러 개의 소리를 만들어가는 버릇이 생겼다. 사운드개발팀의 팀장이 먼저 소리를 확인하기는 했지만, 게임에 적합한 소리를 최종 승인하는 것은 정우였다. 정우는 사운드개발팀장이 승인한 소리를 거부하기도 했고, 그가 거부한 소리를 반대로 승인하기도 했다. 사운드개발팀장은 정우와 독대하고 올 때면 늘 자기 목을 엄지손가락으로 긋는 시늉을 했다.

킬당했어, 킬. 모든 것에 딴지를 건다니까.

팀장이 정우 얘기를 하면서 표정이 일그러질 때 나는 그 모습을 소리로 만들 수 있으면 좋겠다고 생각했다. 악인 캐릭터가 주인공과의 대결에서 지고 나서 불길에 산화될 때 표정이 일그러지며 내는 소리를 나는 머릿속으로 상상했다. 그런 상상을 알루미늄포일이 바글거리면서 구겨지는 듯한 소리로 만들어내면 간혹 희열에 차오르기도 했다. 사운드개발팀장이 자기 선에서 내가 만든 소리를 거절하는 경우는 없었다. 그런데 어느 순간부터인가 정우는 내가 만들어낸 소리를 반려하고 직접 디테일하게 요구하는 경우가 잦아졌다.

첫걸음을 딛을 때와 다섯 발자국쯤 걸어갔을 때의 소리, 길을 계속 갈지 멈출지 망설이는 것까지 발걸음소리에 담겼으면 좋겠다고 했을 때 나는 그것이 정우의 과잉일 것이라고 생각했다. 생각의 과잉이겠지, 아니면 스트레스성이거나. 하지만 정우가 내 판단을 걸고넘어지며 자신의 생각이 소리의 결과물에 반영되도록 집요하게 요구하는 횟수가 많아지자 나 역시 점점 혹사당하는 기분에 파묻히기 시작했다. 아무 소리도 나지 않는 헤드폰을 그저 귀에 걸치고 있을 때 정체를 알 수 없는 노이즈가 들려와 거슬리기도 했고, 듣고 있던 소리가 일순간 사라져버릴 때도 있었다. 다른 헤드폰으로 바꿔 껴도 마찬가지였다. 불면이 시작됐을 때는 귀에 이명이 일기 시작한 때였다.

웅크리고 있는 것.

정우는 그런 나의 모습이 좋다고 했었다.

왜 꼭 시계를 조립하는 장인 같잖아. 네가 일을 하는 모습이 꼭 예술을 하는 것처럼 보일 때가 있어.

등이 굽어 얼어버린 사람처럼 그대로 헤드폰을 끼고 몇 날 며칠을 앉아 있는 동안 등뒤에서 사람들이 지나다니며 하는 말소리가 헤드폰 안으로 희미하게 기어들어와 귓속을 파고들었다. 나는 그것이 사람들의 말소리인 것을 알면서도 이미 깊이 내 귓속에 침투해 달팽이관을 갉아먹는 진드기처럼 느껴지는 환상에 진절머리를 치기도 했다. 견디다 못해 등이 굽은 채로 나도 모르는 낯선 탄성을 질렀을 때, 같은 사무 공간에서 일하던 주은 언니가 급히 헤드폰을 벗겨내고서는 왜 그렇게 끔찍한 비명을 내지르느냐며 눈을 크게 뜨고 내게 물었다.

너무 일에 헌신하지 마, 정우 팀장한테도. 그렇게 해서 자기 자신을 죽게 내버려둘 셈이야?

주은 언니가 그렇게 얘기했을 때도 나는 그것이 꿈인 줄만 알았다.

'아냐, 아냐, 아냐.'

폴로셔츠를 단정하게 즐겨 입는 정우의 올곧고 견고한 목이 그 소리를 따라 자주 뒤틀렸다. 맞다는 말보다 아니라는 말을 부쩍 많이 사용하는 게, 최근에 크게 투자를 받고 새롭게 출시한 게임들이 기대치를 밑돌다 못해 최악의 실패작이라는 얘기까지 들어서만은 아닐 것이라고 나는 생각했다. 아니라면, 아닐 만한 이유가 있을 것이었다. 내가 만든 소리들을 듣다가 헤드폰을 집어던질 때만 해도 개인적으로 안 좋은 일이 있겠거니 그렇게 생각해버리고 말았다.

단도가 아니라 무게감 있는 긴 칼이잖아. 그런데 어떻게 이렇게 가벼운 소리가 나니.

정우가 애니메이션을 보며 팔 끝을 휘둘렀다. 이번이 여섯 번째 수정본이었다. 나는 정우의 팔동작을 보면서 여성 캐릭터의 가벼운 중량감과 발자국, 칼집에서 칼을 꺼낼 때 팔을 드는 모습 같은 것들을 다시 머릿속에 떠올렸다. 처음부터 지금까지 여섯 번 수정하는 동안 소리는 점차 묵직해졌는데 왜 처음 버전을 들을 때와 같은 이야기를 하는지 이해할 수가 없었다.

이 이상 더 무겁게 소리를 표현하면 게임 맥락과 상이하게 돼요, 이질적으로.

정우가 매섭게 나를 노려봤다.

칼을 만져봤어? 어떤 소리인지 어떻게 알아.

평소의 나라면 어떤 말대답도 없었을 것이었다. 하지만 그날은 며칠째 밤샘을 이어온 날이었다. 독이 오른 뱀의 이빨처럼 날카로워진 신경 끝이 그의 말을 물고 놓아주지 않을 작정이었다. 더이상 이해되지 않는 작업을 무의미하게 이어갈 수도 그럴 에너지도 남아 있지 않았다.

이미지로 그려가며 머릿속에서 시뮬레이션하면 대충 감으로 알 수 있어요.

그게 무슨 얘기야. 정확한 소리냐고 묻는 거잖아. 그게 이미지와 무슨 상관인데. 이 캐릭터에 지금 맞는 소리야?

정우는 화난 듯이 물었고 나는 더이상 대답하지 않았다.

만들어내려 하지 말고 차라리 있는 소리를 갖다 써. 다른 게임들을 좀 찾아보라고. 비슷한 광경, 비슷한 캐릭터, 비슷한 칼의 소리를 가져다가 쓰라고.

정우는 소리에 대한 나의 열정보다는 내 한계를 지적하고 싶은 것 같았다.

그날 밤, 술을 마시고 집에 찾아온 그가 폴로셔츠를 벗고, 얼굴을 가린 내 팔을 억지로 걷어내고 손바닥으로 이마와 턱을 스윙하듯 툭툭 밀어댔다. 감았던 눈을 떠 그와 시선을 마주쳤다가 이내 눈을 감았다. 그의 행동은 때린다기보다 상대가 모욕감을 느끼도록 하는 행동이었다. 그저 그가 하는 대로 내버려둘 수도 있을 것 같았다. 그러나 막는 시늉이라도 하지 않으면 그는 종속의 우위를 확인할 때까지 행위를 멈추지 않을 것 같았다. 상대의 두려움으로 관계의 서열을 확정짓는 방식. 그는 그것을 끊임없이 격렬한 몸짓으로 연애라는 가장 밀접한 관계 안에서 취하고 있는 것이었다.

나는 습관적으로 그의 폭력을 잊었지만, 언제고 그 기억을 상기하라는 듯 그는 정신없이 나를 때리다가 멈추고는 지긋이 바라보다가 재차 무게가 한껏 실린 손을 뻗었다. 손바닥 밑부분이 이마를 쳐낼 때마다 뒤통수가 벽에 둔탁하게 닿았다가 튕겨나왔다.

어떻게 사용하지도 않은 소리를, 들은 적이 없는 소리를 만들어내? 그래서 그게 정확한 소리인지 모르는 거야. 있는 소리를 쓰란 말이야. 아냐, 아냐, 아냐, 네가 만든 건 쓸 수 있는 게 아니야!

소리를 치던 그가 내 목을 조를 때 나는 깨달았다. 아냐, 아냐, 아냐. 그가 부정하는 것이 내가 만들어낸 소리가 아니라 바로 나 자신이라는 사실을. 이미 나는 그의 관계 방식에서 대상화된 존재임을. 이런 존재가 내가 처음은 아니었을 것이다. 나는 주은 언니가 말한 포충낭을 떠올렸다.

상의를 벗어놓은 채 바지만 입고 잠든 그를 나는 희끄무레한 어둠 속에서 물끄러미 응시했다. 부엌에 있는 칼 중에 어떤 것이 적합할까 문득 물음이 지어졌다. 조금 둔탁한 게 좋겠어. 썰어야 하잖아. 아니지, 재빠르게 처리하려면 과일 깎는 단도도 좋겠어. 단시간 안에 수십 번을 찌를 수 있잖아. 어둠 속에서 금세 내가 만들어낸 캐릭터들의 선명한 음영과 소리가 아른거렸다. 그러는 동안 나도 모르게 희미한 웃음이 번졌다. 그런 짓을 저지를 때 나는 소리가 어떤 건지 알 수도 있겠다 싶다가 갑자기 그런 생각을 하는 내가 진저리가 나서 몸을 떨었다.

그가 때리니? 주은 언니가 턱밑으로 연하게 퍼져 있는 멍을 시선으로 가리키며 물었지만 나는 말없이 스피커 볼륨을 높였다.

백그라운드 음악 음역대가 너무 높아서 소리를 다 잡아먹는 것 같아요, 차장님.

주은 언니는 자신의 자리로 돌아갈 생각을 하지 않고 여전히 나를 보고 있었다.

그 사람 꽤 집요하고 잔인한 구석이 있어, 조심해. 폭력성이 있다는 얘기는 이전에도…….

저기요, 차장님.

그 말이 거슬린다는 듯 나는 대꾸했다.

아니, 꼭 그렇다는 게 아니라…….

주은 언니가 당황한 표정으로 나를 보며 말했다.

음악을 바꿔볼게, 아예. 라운지 계열로 긴장감만 줄 수 있게. 체크아웃해줘, 내가 들어갈게.

머쓱한 표정을 지으며 주은 언니는 자기 자리로 돌아갔다.

다시 헤드폰을 머리에 쓰자 귀에서 고주파음 같은 이명이 들렸다.

귀를 소중하게 다뤄야 해.

정우가 내게 했던 말이 떠올랐다. 이명의 파동이 그가 마지막으로 때렸을 때 소리의 음폭과 비슷한 것 같아 신경이 쓰였다. 이명의 원인이 작업의 피로로 인한 것인지 정우가 때린 것으로부터 시작된 것인지 분간이 가지 않기 시작했기 때문이었다.

'그런 일이 있으면 그냥 넘겨서는 안 돼.'

자리로 돌아간 주은 언니는 더이상 말을 시키지 않고, 사내 메신저로 쪽지를 보냈다.

차장님이 신경써주시는 건 고맙지만⋯⋯, 나는 거기까지 썼다가 지워버렸다.

'그건 말이야. 일종의 병리적 문제일 수도 있어. 치료가 필요한 문제기도 하고. 그냥 내버려두면 문제가 더 커질 거야. 정우 팀장과 가희 씨를 위해서라도 관계를 한번 고민해봐.'

주은 언니의 쪽지를 마우스로 힘껏 움켜잡고 휴지통 폴더로 옮겼다. 정우는 내게 가장 가까이 있는 존재이면서도 동시에 가장 먼 타인처럼 낯선 사람이었다. 그에게 무섭게 길들여져 있다는 사실을 나도 모르지 않았다. 그러나 한편으로 나는 그것들을 떨치거나 교정해야 한다고 생각지 않았다. 어쩌면 그건 내가 선택할 수 없는 종류의 일이라 여기고 있었는지 모른다. 언제부터 그런 생각을 하고 있었던 건지조차 알지 못할 정도로. 그저 나는, 정우에게서 느끼는 부정적 감정과 물리적 폭력의 공포가 바다 옆에 살며 매일 파도를 마주해야 하는 사람이 겪는 일상적인 우울 같은 것과 다르지 않다고 생각할 뿐이었다.

'그는 나의 매일이야. 매일의 파도. 어쩌다 보는 바다의 파도는 통쾌하고 시원하지만 매일 마주해야 하는 파도가 늘 그런 시원함만을 줄까. 오히려 그 반복성과 무미함 때문에 우울이 찾아오기도 하는 거야. 그런 거야.'

새 쪽지 위에 쓴 문장들을 나는 잠시 바라보다가 다시 모두 지웠다.

'죄송하지만, 제가 알아서 할일입니다. 모른 척해주세요.'

수신인에서 주은 언니의 이름을 선택한 다음 망설임 없이 보내기 버튼을 누른 나는, 마우스에서 손을 떼다가 그만 팔꿈치로 컵을 밀어 떨어뜨리고 말았다. 컵이 깨질 때의 파열음에 귓가에 소름이 돋을 만큼 묘한 쾌감을 느꼈다. 귓바퀴에서 내내 울리던 이명조차 말끔히 사라진 순간이었다. 밖으로 표출되지 못한 채 가지런히 쌓인 스트레스를 음도로 치환하자면 그 정도일 것 같았다. 내면의 이미지가 표상하는 소리의 정도와 파열의 외부 소음이 맞아떨어진 것은, 그것이 비록 우연이라고 해도 정말이지 오랜만이라고 나는 생각했다. 깨진 유리들을 치우지도 않고 우두커니 보고 있던 내가 이상했는지 고개를 들다 마주친 주은 언니가 당혹스러운 눈길과 표정으로 쳐다보고 있었다.

학교에서 집으로 돌아오는 길이었다. 복도식아파트 계단을 올라 살고 있던 3층에 거의 다다랐을 무렵이었다. 퍽퍽 하는 소리가 잇따라 크게 들려왔다. 발끝으로 소리의 진동이 느껴졌다. 여자의 비명소리가 들리기도 했고, 이어서 사물이 내쳐지는 소리도 났다. 남녀가 큰 목소리로 싸우는 소리가 집으로 향하는 발걸음 앞으로 점점 가까이 다가왔다. 집 앞에 다다른 다음 현관문을 열었을 때 날카롭게 조각나 들리던 소리의 파편들이 움직임을 멈췄다.

엄마는 거실에서, 아빠는 베란다에서 연기를 하는 사람들처럼 각자의 일에 몰두하고 있었다. 의자가 거꾸로 뒤집혀 선반 밑에 있고, 넘어진 화병에서 흘러나온 물이 신문지를 적시고 있었다. 볕이 어두운 오후 5시였다. 엄마는 아빠의 셔츠를 다림질하고 있는 중이었다. 나는 그 모습을 보고 화장실 안으로 들어가 세면대의 물을 틀어놓고 조용히 변기 위에 앉았다. 엄마와 아빠처럼 평온을 위장하는 연극을 나 스스로도 이어가기 위해서. 관이 막혔는지 물이 역류하는 소리가 났다.

엄마와 아빠가 싸우는 소리는 나만 듣는 것이 아니었다. 이웃집으로, 계단으로, 같은 동에 사는 같은 반 친구의 부모에게도. 나는 듣지 않고도 그곳에서 어떤 소리가 도는지 알고 있었다. 그 집 아주머니가 딴 남자를 만난다고 생각해서 그런 거래. 엘리베이터에서 마주친 한 아주머니가 다른 아주머니에게 내가 그 집의 딸인지도 모르는 채 호들갑스럽게 말했다. 의심병인가봐 그 집 아저씨가. 다른 아주머니가 동조하듯 덧붙였다. 나는 엘리베이터 구석에 투명인간처럼 우두커니 서서 아주머니들의 대화를 낱낱이 새겨들었다.

엄마가 짐을 싸며 집을 나가겠다고 했을 때 나는 아빠를 연민했다. 엄마와 연락하는 횟수가 적어지고 거리가 멀어지고 있다고 느끼는 동안 소매점을 하던 아빠의 점포는 점점 작아졌다. 아빠는 점점 더 어두운 오후로 기어들어가는 것 같았다. 아빠는 그 어둠 속에서 나오기가 꺼려졌는지 자주 집에서도 낯을 가렸다.

완전한 어둠으로 막 넘어가기 전이었던 오후 5시에 들리던 그 소리들은 아빠의 빛과 낮의 기억을 삼켜버렸다. 내게 아버지의 삶은 오후 5시 이후로만 기억되는 것이었다. 아빠를 생각하면 나의 기억은 어린 시절부터가 아니라 그 시간, 그 소리들로 엮여 내 유년과 청년의 시간들 내내 추처럼 반복해서 흔들렸다. 어둠이 아빠의 곁에서, 아니 내 곁에서 단 한 칸도 이동하지 않는 것처럼.

그런 기억은 던져버려.

그렇게 쉽게 말하는 사람은 정우가 처음이었다.

기억덩어리를 지구 밖으로까지 던진다고 상상해봐. 목성이나 토성까지 간다고 말이야. 어때, 여기서부터 상상할 수 없을 정도로 먼 행성에 던졌다고 생각한 다음 그곳에 버려둬. 그다음은 새로운 기억의 덩어리를 점점 불려가는 거지. 멀리 던진 기억 따위 생각나지 않게.

생각나지 않게.

나는 정우를 따라 속으로 중얼거렸다. 그 말을 중얼거릴 때마다 물속으로 자맥질을 하는 느낌이었다. 살이 아니라 마음이 붙는 것 같았다. 붙고 너그러워진 그 마음 위로 정우가 쉽게 스며들었다. 너의 구원이 되고 싶어. 정우가 귓가에서 속삭이던 그 말이 연민에서 오는 것이었는지 아니면 사랑의 표식인지 그도 아니면 정말로 한 대상을 구원할 수 있다고 믿고 있는 것이었는지 나는 그의 말과 소리만으로는 확신할 수가 없었다. 다만 서로를 속박해야 한다는 그의 말이 내게 깊이 새겨졌던 것일 뿐이었다. 아빠를 떠나갔던 엄마와는 다르게 폭력을 용인해서라도 속박 안에 머무르고 싶었던 무의식이었을까. 그 무의식 탓에 그를 연민할 수밖에 없었던 것일까. 가끔 나는 의구심이 들었다. 그에 대한 나의 낯익은 연민이 그에게 나를 투사해서가 아니라 나에 대한 그의 집착으로부터 오는 것은 아닌지에 대해. 그것은 내가 선택할 수 없는 문제라고 여기는 걸, 정우는 잘 알고 있는 사람 같았다. 정우는 내가 지나치지 못한 아버지의 오후, 그리고 어둠 같았는데 결국 그 어둠을 껴안는 것이 아빠를 그리고 엄마를 용서하는 길인 것도 같았다. 내게 동이 트는 시간의 기억은 없었으니까, 그것은 어쩌면 당연한 일이었다.

게임 개발 작업에서 소리를 입히는 일은 가장 마지막 단계였다. 배경과 스토리가 완성되면 캐릭터들을 만들고 모델링을 통해 캐릭터와 사물을 입체화하는 과정을 거쳤다. 애니메이션 팀에서 살을 붙여 동작을 완성하면 이펙터팀에서 효과를 삽입했다. 앞쪽의 과정이 원활하고 빠르게 진행되면 괜찮았지만 시간이 지체되면 사운드개발팀은 일정상 압박을 받을 수밖에 없었다. 출시를 바로 목전에 두고 작업에 들어가야 하는 때도 있었다. 밤을 수시로 새웠지만 시간은 늘 모자랐다. 정우는 시간이 부족하다고 해서 그냥 넘어가는 사람이 아니었다. 나는 정우의 기대에 부응하기 위해서 여전히 여러 개의 소리를 만들었다. 되도록 근접한 소리를 만들어내려고 여러 소리를 중첩시키거나 필요한 소리를 도저히 찾을 수 없으면 유료 라이브러리에서 유사한 소리를 사들인 다음 다른 소리와 합성시키기도 했다.

그건 너의 소리지, 게임 유저들이 원하는 소리가 아니야. 새로운 걸 만들어내려고 하지 말고 익숙한 소리들을 찾아내라니까.

정우는 내가 만들어내는 소리들이 너무 멀리 있다고 표현했다. 가까운 데 있는 걸 가져오라고. 소리에 실망했다는 대신 그는 그렇게 표현했다. 사운드 개발 일정이 촉박할수록 정우는 라이브러리에서 기존 게임에 적용했던 소리들을 찾아 차용하라고 했다. 칼을 휘둘러보고, 걸음을 걸어보고, 부딪쳐보면서 소리를 만들어내라던 정우는 이제 완전히 없었다. 정우는 총집에서 권총을 꺼내드는 것처럼 쉽게 소리가 만들어져야 한다고 했다.

언제든 꺼낼 수 있게 마련해놓아야지.

덧붙인 그의 음성 안에 놓인 초조함과 조급함 같은 것들이 살아 움직이면서 내 등을 줄기차게 떠밀었다. 나는 여러 개의 소리를 만드는 대신 기존에 사용한 소리들을 찾아내는 데 더 많은 시간을 쏟아야 했다. 결국 기존의 게임에서 비슷한 장면에 쓰였던 소리들을 찾아내 들려주며 설명하면 정우는, 듣지도 않고 승인을 했다.

거기서는 그 소리였다는 말이지. 그걸로 해.

사내에서 내부 직원들의 의견을 듣기 위한 게임 테스트 때 소리를 입히지 않은 채로 진행하기도 했다. 최근 들어서는 완전히 소리를 입힐 수 있는 시점이 게임 출시 거의 하루 전에 이뤄지는 일도 많았다. 게임이 출시되면 다시 새로운 게임 프로젝트의 소리를 만들어내야 했다. 권총을 뽑아들 듯이 쉽게. 나는 가상세계의 소리를 만들어내는 기계가 되어가고 있었다.

소리와 상관없어지고 싶다는 건, 소리와 관련된 일을 하고 싶지 않다는 것이었다. 정우에게 그렇게 말한 것은 그때였다. 소리를 만드는 기계와 다름없는 존재로 머무는 것에 지나지 않는다는 의식이 들었을 때였다. 소리와 소리를 연결해 상식에서 벗어나지 않는 흔한 소리를 만들어내는 일. 그런데 그 모든 것들이 한데로 모이는 지점이 있었다. 엄마였다. 맞지? 맞아, 그 소리인 거야. 엄마의 말은 나를 향한 것이 아니었다. 타인의 시선을 향해 겨냥된 말이었다. 엄마가 나를 통해 충족시킬 수 있는 가능을 내포하고 있거나 아니면 실패해버릴 욕망일 뿐이었다. 아빠의 어둠을 연민하는 것과 다르게 엄마에게서는 끊임없이 도망치고 싶었던 어떤 무의식의 욕망이 실현되기 시작했던 그날의 오후를 나는 커튼처럼 드리운 어두운 죄책감으로 기억하고 있었다. 정우에게 구원받고 싶었던 것은 사실, 나 자신이 아니라 그 죄책감이었는지도 모르는 일이었다.

맞는 소리가 어디 있어. 소리면 다 각자 저 나름의 소리가 있는 거지. 꽃에 벌레가 앉는 소리, 컵 안의 얼음이 흔들리는 소리, 이파리가 바람에 흔들리는 소리. 나는 그런 걸 만들어내고 싶어. 나만이 표현해낼 수 있는 소리, 울림.

가만 생각해보니 그 말을 엄마에게 했는지 정우에게 했던 것인지 나는 정확히 생각해낼 수가 없었다. 여러 소리의 혼재로 귀가 너무 노곤했기 때문이었다. 뒤죽박죽 섞인 소리의 이명들이 뇌를 땡땡땡 치고 흔들고 있는 것 같았다.

무슨 말이야 지금.

정우가 내가 앉아 있는 자리 바로 앞까지 와서 말했다. 회의 중에 턱을 괸 채로 깜빡 잠이 들었는데 무슨 말인가 해버린 모양이었다. 회의실 벽면 슬라이드에 이제 막 사내 테스트가 끝난 게임 영상을 플레이하고 있었다. 나도 모르게 깊이 졸았던 모양이었다. 나는 곧바로 고개를 숙이며 정우에게 죄송하다고 말했다.

자기가 무슨 예술가라도 되는 줄 아는 모양인가봐. 쓰레기 더미 같은 소리나 없으면서 말이야.

정우가 다시 앞쪽으로 걸어나가며 한 말들이 내게 향해 있는 줄은 몰랐다. 반대편에 있는 주은 언니가 나를 보며 손바닥을 몇 번 오르락내리락했다. 마음을 진정시키라는 뜻 같았다. 하지만 주은 언니의 걱정과 다르게 마음에 화르르 불길이 올랐다.

아냐! 아냐! 아냐!

그 말을 외친 것은 정우가 아니라 자리에서 벌떡 일어난 나였다.

아냐, 그 소리가 아니야!

정우뿐만이 아니었다. 회의실 안에 있는 개발팀 사람들도, 애니메이션팀 사람들도, 주은 언니와 사운드개발팀장 역시 모두 나를 쳐다보고 있었다.

소리를 어떻게 그렇게 쉽게 정의하니!

나는 바닥에 그대로 주저앉아버렸다. 어디선가 맞아? 맞아? 엄마가 반복해서 묻는 목소리가 들리는 것 같았다. 그것은 만들어낸 소리가 맞는지 확인하는 목소리가 아니었다. 자기가 살아온 삶이 정답인지 아닌지를 끊임없이 확인하려는 지친 엄마의 목소리였다.

그날 밤에 집으로 정우가 찾아왔다. 무슨 일이 있느냐고 내게 물었다. 냉정하고 차가운 중저음의 목소리였다. 그래 그 목소리에 반했었지. 내 말에 정우가 빈정거리지 말라며 팔을 비틀더니 자기 쪽으로 끌었다. 나는 정우의 팔을 뿌리치며 마주섰다.

나를 때려줘.

뭐?

정우가 억지로 잡고 있던 팔을 놓더니 한 걸음 물러섰다.

나를 때려달라니까.

무슨 소리를 하는 거니.

내 소리를 갖고 싶어. 만들고 싶어.

커진 정우의 두 눈에 달 표면의 흑점이 들어 있었다. 내가 그의 안으로 들어가기로 했을 때, 아니 속하기로 했을 때 나는 더이상 연민이 없는 곳에 머무를 줄 알았다. 내가 그를 받아들이기로 한 순간 그와 나는 한몸이었다. 내가 그였고, 그가 나였다. 그러나 내가 그에게서 찾을 수 없었던 소리의 단서가 하나 있었다면, 결국 정우 역시 내가 만든 이미지의 표상이었다는 점이다. 표상이 사라지고 드러난 그의 짐승 같은 소리와 모습은 내 알몸과도 같았다. 정우가 괴물 같은 소리를 내며 나를 때릴 때 나는 그 기이하고 이상한 소리야말로 내 몸 밖으로 포효하고 싶은 나의 내면의 소리와 같다는 것을 알았다. 나는 그 소리를 놓치고 싶지 않았다.

나만이 낼 수 있는 진짜 소리를 만들어내고 싶어. 가짜 세상에서 들리는 진짜 소리를. 나의 몸을 울려서 소리를 내줘.

나는 애원하듯이 정우에게 울부짖었다. 정우의 눈이 유성처럼 빛났다. 순식간에 지나간 그것처럼 허탈하고, 무엇인가를 잃어버린 것 같은 눈빛과 순간적으로 눈이 마주쳤다. 정우는 나를 사납게 밀쳐내고는 집밖으로 뛰쳐나갔다.

그때, 바로 그때. 문에 걸어놓은 현관종이 사납게 부딪치며 울렸다. 그곳에 종이 있었고 집 안밖을 오갈 때 당연히 울렸을 거라는 사실을 지금에야 깨달을 정도로 낯선 소리였다. 종의 울림은 길었는데 그가 나간 자리를 잊고 있던 소리가 대신 채우고 있는 것 같았다.

게임 어디에도 우리 이름이 없어.

IT 대기업이 퍼블리싱을 해서 그 회사 이름으로 시장에 출시한 게임이 모바일앱 부문 매출 1위가 되었다는 소식을 전한 다음 주은 언니는 게임 엔딩크레딧에 참여한 사람들이 아예 보이지 않는다며 힘없이 말했다. 회사 다시 돌아오지 않을래? 이제 정우 팀장도 없고. 주은 언니는 말끝을 흐렸다. 주은 언니와 나는 평소에 나누지 않던 평범한 소식들을 전하다가 싱겁게 전화를 끊었다.

내린다.

통창 밖으로 비가 오는 것이 보였다. 나는 한동안 비를 바라보다가 문득 중얼거렸다.

내린다고.

…….

내가 내린다, 내가 핀다, 내가 떠오른다.

갑자기 나는 스스로 피어나고 내리는 소리들을 만들어보고 싶다는 생각에 사로잡혔다. 동시에 컵에 든 물의 양에 따라 얼마든지 소리가 달라질 수 있었다는 것을 떠올렸다. 내 몸을 메우고 막혀 있던 것이 얼마간 덜어지고 가벼워진 것 같았다. 이제 막 내가 낼 수 있는 첫 음의 소리를, 다시 연주할 수 있을 것 같았다.

내, 몸으로.

로만티세 슈트라세

루프트한자항공 티켓을 취소하기 위해서는 190유로의 취소수수료를 본인이 부담해야 한다고 했다. 취소를 한다고 해도 환불 처리까지는 6개월 이상이 더 걸릴 거라는 게 항공사 측의 설명이었다. 그렇지만 항공편 변경의 경우에 추가비용은 없었다. 내년 말까지는 프랑크푸르트 왕복 티켓으로 예약 변경이 가능했고, 내년 1월 안에만 예약 날짜를 지정하면 된다고 했다. 티켓을 취소하는 것보다 가급적 변경하는 편이 경제적으로도 나은 선택이었다. 항공사에 전화할 때부터 이미 마음의 결정을 내렸던 승아는 전화를 끊기 전에야 항공편 취소를 보류했다. 팬데믹이 연내에 진정될지 알 수 없었다. 앞으로 몇 년간은 해외를 나가지 못할지도 모른다는 기사를 찾아 읽으면서, 승아는 분명히 갈 수 있었으나 갈 수 없게 된 장소와 사람에 대해서 생각했다. 그러자 갈 만한 길이 아니었으나 향하게 되었던 길과 닿을 수 없었으나 닿았던 사람의 근거리의 체온과 내음이 생생히 떠올랐다. 그 길에 대한 기억이 마음 앞으로 한 발자국 더 다가선 것이었다.

승아는 눈을 깜박거렸다. 브라운 계열의 어두운 유리창에 얼비친 자신의 얼굴을 발견해서였다. 잠시간의 상념이 가려 놓았던 얼굴, 낯설게 비친 건조하게 마른 얼굴, 무의미한 표정. 승아는 이마를 가린 앞머리를 손끝으로 잡아 옆으로 밀어낸 다음 다시 창에 비친 자신의 얼굴을 들여다봤다. 그러곤 조각 조각의 기억들을 이어붙여 만든 정율의 얼굴을 그 위에 포개 어놓았다. 그때를 떠올리면, 정율에 대해 생각하면, 승아는 자신을 조금이나마 놓아둘 수 있었고, 그건 어떤 의미에서의 고요이면서 평화였다.

'트레블 인사이트'라는 이름으로 기획된 그 프로젝트를 처음 맡게 되었을 때 승아는 여간 마뜩잖은 게 아니었다. 독일의 한 자동차 회사와의 교류로 시작된 그 프로젝트는, 하나의 상업 브랜드가 어떻게 문화적 요소로 사회 안에 자리잡고 사람들에게 사랑받고 있는지에 대한 통찰을 얻기 위한 일환으로 기획된 것이었다. 기획 자체야 승아가 도전해보지 않을 이유가 전혀 없었지만, 프로젝트 진행을 위해서는 상대 회사와 영어로 커뮤니케이션해야 한다는 게 그녀를 위축시킨 유일한 이

유였다. 그럼에도 승아의 상사인 국 과장은 부서의 업무 분장 상황을 고려할 때 그 일을 따로 맡길 사람이 없기도 하고, 무엇보다 힘든 프로젝트를 성공시켜봐야 성장할 수 있다는 걸 강조하면서 그녀에게서 프로젝트를 떼낼 생각이 없음을 넌지시 주지시켰다.

그런 난감한 상황 속에서 마침 그 회사의 담당자가 정율이라는 한국 사람인 것은 그나마 승아에게 반가운 일이었으나 그는 그리 친절하거나 명쾌하게 답변하는 스타일이 아니라는 걸 알기까지는 그리 오랜 시간이 걸리지 않았다.

뭐 하나 딱 부러지게 얘기하는 법 없이 판단을 유보하거나 다른 일들과 함께 뭉뚱그려 얘기하는 정율의 성향 때문에 그녀는 재차 질문을 복기하거나 여러 차례에 걸쳐 문의해야 하는 일이 반복됐다. 가끔은 전화통화를 하고 나서도 그가 정확히 무슨 말을 했는지 모호해 다시 전화를 걸거나 아니면 이메일로 내용 정리를 해서 보내면, 그는 그런 뜻이라기보다, 라고 시작하는 말로 앞서 논의된 사항들을 유보해 승아를 분통 터지게 한 게 한두 번이 아니었다. 따지고 보자면 서로 뭔가를 열심히 논의하고 나서도 딱히 결론지어지는 건 대개 없다는 게 그와의 커뮤니케이션에 있어서의 가장 큰 문제였다.

프로젝트에 필요한 세부 사항이나 문의에 대한 피드백을 그때그때 받아야 함에도 그는 어지간해서는 바로 답하는 경우가 드물었다. 급한 마음에 시차를 확인한 후 승아가 전화를 건다고 해도 바로 연결되기 어려웠다. 몇 번이나 그의 일정을 확인하고 조율한 후에야 통화가 이뤄지는 게 다반사였다. 독일 자동차 회사의 담당자가 한국인이라는 장점이 무색하게 승아는 점점 그와의 커뮤니케이션이 까다롭고 어렵게 느껴졌다. 문제는 일이 느릿느릿 진행되는 것에 대한 회사의 인내심이 그리 넉넉하지 않다는 것이었다. 예정한 프로젝트 진행 일정을 확정짓기 위해서는 장소나 진행 방식, 견적과 규모에 대한 합의가 벌써 이뤄졌어야 함에도 결정된 것 하나 없자, 승아의 상사인 국 과장은 거의 매일같이 그녀를 채근하기 일쑤였고, 압박을 견디다 못한 그녀가 화장실로 뛰쳐 달려가 속상한 마음을 달랜 것도 여러 번이었다.

그날은 시급한 사안에 대한 협의를 마무리지을 수 없어 승아가 정율에게 전화를 건 날이었다. 역시나 그와 연락이 닿지 않자, 초조한 마음에 동동거리며 땀까지 찬 손으로 내내 들고 있던 그녀의 휴대폰에 그의 메시지가 도착했다.

'서두르면 라싸에 닿을 수 없어요. 티베트 속담이죠.'

그 메시지를 받은 건 퇴근 무렵이었고 늦가을이라기에는 이미 초겨울 같은 차가운 바람이 손이며 팔 마디마디가 새근거리던 때였다. 원하는 일정에 대한 해답이 아니라 뜬금없이 보낸 그 격언 같기도 충고 같기도 한 말이 그녀를 어처구니없게 만들었다. 평소 누군가의 메시지나 연락에 곧바로 응답을 하지 않으면 불안해 못 견디는 소심한 성격에도 불구하고, 그녀는 아무 답도 하지 않은 채 그만 그 메시지를 지워버렸다. 그리고 곧 그 일을 잊어버렸다.

지지부진하게 돌아가는 상황을 모르지 않았던 국 과장이 프로젝트를 자동차 기업이 아닌 다른 산업의 기업으로 알아볼 것을 지시했기 때문에 한동안 승아는 정율에 대해서는 아예 잊고 지냈다. 하지만 예정된 일정까지는 촉박하게 남은데다 기한 내 괄목할 만한 성과를 원하는 그녀의 상사, 국 과장 때문에 승아의 밤과 낮은 길고 우울했다.

정율에게서 갑작스럽게 연락이 온 것은 스트레스가 정점에 달했을 때였다. 혼탁하게 느껴지는 사무실 공기를 벗어나 옥상에 오른 승아는 건물 앞 교차로를 지나는 차들을 하염없이 바라보며 서 있었다. 끊임없이 순환하고 이어지는 세상의 길과 시간의 흐름과는 달리 유독 그녀가 머무는 곳에서만큼은 닫힌 듯 답답한 기분이 드는 건 왜인지 모르겠다고 생각하던 참이었다.

"왜 그렇게 연락이 안 되세요?"

웃음 섞인 정율의 첫마디가 어딘가 모르게 낯익었는데 그러고 보니 겨우 그와 통화되었을 때 그녀가 먼저 뱉어내고는 하던 말투와 비슷했다.

"일정을 확인하느라 좀 시간이 소요됐는데요, 진행이 가능할 것 같아요. 2월 27일부터라면요."

정율의 그 말을 듣고 승아는 다시 아득해지는 기분이었다.
교통량이 많아 복잡하게 차들이 엉켜 있는 인터체인지 교량처
럼 머릿속도 어지러워졌다.

"지, 지금에 와서요……? 지난번에는 일정을 확정짓기가
어려울 것 같다고 하셨잖아요?"

손으로 귀를 막아 거리의 소음을 멈추고 그녀는 얼마 전 그
가 했던 말을 떠올리며 말했다.

"같은 거였지 안 된다고 하지는 않았는데요."

그의 목소리는 지나치게 차분하고 진지해 오히려 마음을
억누르는 것처럼 느껴졌다.

"아니요, 저기요, 매니저님……."

"일단 두 가지 옵션이 있어요. 한 가지는 처음부터 문의해주
신 커스터마이징 루트를 따르는 건데요 2월 27일 정도부터 시
작하는 일정이구요."

정율의 목소리가 승아의 말을 덮었다. 승아는 숨을 고르며
이미 다른 곳을 알아보고 있다는 말을 할 참이었다.

"다른 한 가지는 프랑크푸르트에서 멀지 않은 레이싱 트랙
에서 드라이빙을 하는 프로그램이에요. 일정이 급박하고 굳이
먼 곳까지 가지 않아도 된다면 이 프로그램을 추천드릴 수 있
을 것 같아요."

정율은 말미에 두 가지 옵션이 있음에도 불구하고, 비용에
있어서 큰 차이가 없을 것이라고 강조했다.

"어느 옵션을 선택하든 비용에 크게 차이가 없을 것이라는 말씀이신가요?"

승아의 물음에 정율은 "그렇다기보다 비싸다는 점에서 그렇습니다"라고 했다. 승아는 그녀가 불과 얼마 전까지 잊고 지우려 했던 그의 모호함과 불확실함 속으로 빨려들어가는 듯해서 불편해졌다. 그동안 그가 얼마나 제대로 얘기해줄 것인가의 확률에만 기대어 있다가 그녀의 손에 남은 것은 결과가 아니라 가능성 하나뿐이었다. 그런 식으로 일을 뭉개고 있지 말라는 국 과장의 질타에 변명하고 싶었지만 그러지 못했던 건, 그처럼 항변할 만한 그 어느 것도 손에 들려 있지 않아서였다.

"아뇨, 매니저님. 그게……."

최소한 승아는 또다시 정율이 만들어놓은 불확실한 구도 속에 자신을 놓아두고 싶지 않기도 했거니와 이미 다른 곳을 알아보고 있다는 사실을 제대로 알려줘야 했다.

"일정이 가능한 상태지만 최대한 빨리 부킹하지 않으면 저희도 장담할 수 없습니다."

그러므로 거의 처음이다시피 확신에 차 말하는 그를 차분히 다잡은 다음 되돌려보내야 하는 것이었다.

"매니저님."

그녀는 되도록 마음을 억누르며 정제되고 낮은 목소리로 그를 불렀다.

"최대한 빨리 확정해주셔야 합니다."

이제 그는 되레 시간이 없다며 그녀를 압박했다.

"저기……."

"이런 건 속도가 아니라 타이밍이에요."

"아뇨, 아뇨."

사실 승아에게 그렇게 일방적으로 쏘아붙이는 사람은 정율뿐만이 아니었다. 사람들은 가끔 승아에게 왜 그렇게 말수가 없고 내성적이냐고 물었다. 말 없음이 아니라 타인의 말에 순응하는 게 언제부터인가 편하다고 느껴왔던 그녀였다. 그러다 참는 게 한계에 이르곤 할 때면 입 밖으로 정제되지 않은 말들이 의지와 다르게 튀어나왔는데, 그런 말들은 그녀가 잡을 수 있는 게 아니었다.

"저기요, 그만요……."

"뭐라구요?"

정율이 당황해 물었다.

사람이 왜 그래, 너답지 않게. 그런 말을 그렇게 쉽게 하면 안 되지. 말을 좀 가려서 해. 승아가 자신의 목소리를 드러내면 사람들은 되레 너답지 않다고 반응했다. 승아는 자기 의사대로 말하는 게 자신이 없었다.

"죄송한데 제 말도요, 좀!"

그래서 툭, 튀어나오는 말들. 뒷마디의 음절에 나도 모르게 힘이 실렸다. 반쯤 울음과 짜증이 섞인 톤이었다. 그러나 곧 휴대폰 너머 상대방의 침묵을 당황스러움으로 읽고는 곧 그렇게

말해버렸음을 후회했지만,

"제 말도 들어주세요!"

탄식처럼 말은 또 뱉어졌고, 그녀는 어떤 절망스러운 기분에 빠져들었다. 그렇다고 그 말이 꼭 정율에게만 향해 있는지 승아는 알 수 없었다. 휴대폰을 든 손을 내려놓고, 그녀는 한참을 그렇게 서서 울었다.

*

정율과는 그게 마지막일 줄 알았다.

프로젝트가 논의한 일정 내에서 소화가 가능하니 진행 여부를 알려달라며 정율이 국 과장과 자신을 수신으로 해서 보낸 메일을 볼 때까지만 해도 승아는 별다른 관심 없이 시큰둥했다. 다른 기업과의 협의가 상당 부분 진척이 된 이유도 있었고, 이제 와서 프로젝트 장소를 변경하기에는 너무 많은 시간이 흘러버린 상태였으니까.

그러나 일정은 승아의 뜻과 다르게 다시 원점으로, 독일의 자동차 기업과 진행하는 것으로 바뀌었다.

애초에 그곳에 가고 싶어하셨잖아.

국 과장은 대표님의 의중이 그러하다며 일정과 장소를 바꿔 진행할 것을 지시했다. 허탈해하는 승아를 향해 국 과장이 약간은 미안한 표정을 지으면서도 어쩔 수 없다는 거 알지? 하고 말했다.

"모르겠는데요."

뾰로통한 표정으로 그렇게 말하고 승아는 국 과장의 눈치를 살폈다. 무의식적으로 튀어나온 말이었다.

"어? 왜 그래 사람이."

국 과장이 곧바로 즉각적인 반응을 했으므로, 그가 그녀를 위로해줄 생각이, 실무자로서의 그녀의 부담을 어떻게든 덜어줄 생각이 전혀 없음을 대번에 알아들은 승아는 이내 알겠습니다, 그렇게 말하고 뒤돌아설 수밖에 없었다. 하지 않아도 될 말을 괜히. 그녀는 그 생각을 같이 삼켰다. 마음 한편에 뾰족한 각이 생긴 기분이었다. 마음이 둥글둥글하지 못하고 점점 더 각지게 꺾여나가는 것만 같았다.

그러므로 마음과 다르게, 말을 걸고 싶은 마음이 없음에도 승아는 먼저 전화기를 들어야 했고 또다시 연락이 되지 않는 정율의 목소리를 오래 기다려야 했다. 그가 가능하다고 한 일정을 다시 한번 재확인하면서 프로젝트를 바로 진행하겠다는 메일을 쓰는 동안 그녀는 방향을 가늠할 수 없는 사막 한가운데 서 있는 것만 같은 느낌에서 벗어나지 못했다. 왜 일을 하면 할수록 막막해져야 하는지 알 수 없다고 생각하다가 그건 그녀의 의지가 일이 아니라 자주 사람에 의해 꺾여서라는 사실을 깨달은 것도 그때였다.

허약한 빛이 쏟아져 들어오는 4, 5시쯤에는 항상 호흡이 가

빠졌다. 마감하지 못한 일들이 들숨으로 들어찼고 눈앞의 일을 처리할 때마다 탄식처럼 날숨을 내뱉었다. 사는 일들은 항상 들숨과 날숨 사이에 있었는데 정작 그녀는 숨의 이완을 느끼지 못할 만큼 숨가빴다.

전화를 받지 않던 정율은 커스터마이징 루트를 선택하는 게 비용적으로 유리할 것이라는 이메일 답신을 보내왔다. 프랑크푸르트 근처의 레이스 트랙을 반나절 동안 렌트하는 비용만 2만 유로에 달하고 부대비용을 포함할 때 훨씬 더 비싸질 것이라는 이유 때문이었다. 정율은 아주 급하지 않은 한 전화로 소통하는 것을 꺼려하는 것 같았고 아주 간단한 논의조차 이메일로 주고받는 것을 선호했다. 결국 승아는 전화로 먼저 연락하는 것을 포기하고 그의 방식을 따르기로 했다. 승아에게 있어 그와의 커뮤니케이션 과정이란, 낙타에만 의지해 사막을 건너야 하는 여행자의 막연함만큼이나 끝을 알 수 없이 길고 심지어 칸칸이 수명이 줄어드는 느낌이었다. 승아는 급한 마음에도, 정율의 연락을 기다릴 수밖에 없었다.

"정승아 씨."

등뒤에서 국 과장이 그녀의 이름을 불렀다. 의자를 돌리기도 전에 그가 옆으로 다가와 섰다.

"내가 좀 다녀와야 할 것 같아. 대표님 지시야."

그렇게 말하는 국 과장의 표정이 좋진 않았다.

"트레블 인사이트 답사 말이야."

안 그래도 시달리는 심정으로 인해 몸과 마음이 잔뜩이나 수축된 승아였다. 국 과장이 답사를 가게 된다면 잠시나마 숨을 고를 여유가 생길 수도 있다는 생각에 승아는 속으로 반색했다.

"정승아 씨도 같이."

승아는 자신을 내려다보고 있는 국 과장의 얼굴 뒤로 검은 점들이 펼쳐지고 있는 것 같은 환영에 어지러움을 느꼈다.

지방 공장에 다녀오기 위해 승아는 가끔 국 과장과 KTX에 나란히 앉아 갈 때가 있었다. 그때마다 국 과장은 신발을 모두 벗고 발 받침대 위에 발가락의 형태가 고스란히 드러나는 무좀 양말을 신은 발을 올려놓았다. 기차가 출발하자마자 여지없이 졸기 시작해 힘이 풀린 그의 허벅지가 자꾸만 그녀 쪽으로 기울어지는 건 다반사였다. 승아는 그의 허벅지가 닿을까 싶어 최대한 자신의 두 다리를 오므렸다. 꼭 창 측 좌석을 고집하는 그는 화장실에 갈 때면 그녀의 발을 자주 밟고서도 미안하다는 말은 없었다.

그가 30대 후반의 나이에도 여전히 연애뿐만 아니라 소개팅까지 말아먹는 게 바로 그 배려 없음 때문일 거라고 말하고 싶은 충동을 그녀는 늘 필사적으로 견뎌내야 했다. 그런데 독일이라니. 승아는 갑작스레 온몸에서 기운이 빠지는 것 같았다.

"네?"

"뭘 그렇게 놀라?"

울고 싶은 마음이 드는 건 세상일이 자기 뜻대로 안 될 때가 아니라, 그런 순간이 영원할 거라는 두려움 때문인지도 모르겠다고 승아는 생각했다. 영원히 벗어날 수 없는 관계와 일, 그렇게 시간을 헤쳐나가야 하는 부담. 그 끝에는 무엇이 있을까.

"안 놀랐어요."

"방금 인상 쓴 거 아냐?"

"인상이라뇨."

승아는 얼굴 근육을 의식적으로 폈다.

"난 뭐 답사 가는 게 좋은 줄 알아!"

사나운 표정으로 승아를 내려다보던 국 과장이 고개를 절레절레 저으며 뒤돌아섰다.

좋은 일이란 없었고 사람들과 부대끼며 몸이 닳고 달아간다고 생각할 무렵 창문을 관통해 들어온 오후의 허약한 빛이 얼굴을 함부로 매만지는 걸 승아는 그대로 내버려두었다. 이대로 녹아 없어지려니 그런 생각을 하던 찰나였다. 어디선가 아빠의 목소리가 들려왔다.

네가 좋은 직장 다니면서 잘 살아 안심이 돼.

얼마 전 일 때문에 서울에 들렀다는 아빠를 KTX역에서 만나 배웅할 때 들은 말이었다.

회사 쉽사리 그만두지 말고. 아빠가 그래서 고생이지 않았니.

그때가 아마 일요일 오후 4시 무렵이었고, 아빠를 태우고 떠나는 기차가 빛의 홈통으로 사라질 때까지 그녀는 얼굴 위로 번지는 눈물을 닦아내지 않았다.

*

택시를 타고 프랑크푸르트공항에서 중앙역으로 이동하는 동안 승아는 고개를 뒤로 젖히고 깨어나지 않는 국 과장에게 시선을 얹었다가 창밖을 바라봤다. 정율의 회사 자동차 대시보드처럼 단선적이고 매끄러운 건물들이 함께 모였다가 외따로 솟아 있는 모습이 반복해 나타났다. 자신의 허벅지에 닿아 있는 국 과장의 무릎을 힘주어 쳐낼까 하다가 승아는 슬며시 다리를 옮겼다. 기댈 곳이 없어진 국 과장의 다리가 휘청했다.

국 과장은 비행기 안에서 연체동물처럼 허리가 휜 채로 몸을 의자에 기댔다. 그는 기내식도 마다한 채 내내 잠이 들어 있었고, 어쩌다 깨면 간식으로 제공된 과일 몇 개를 집어먹거나 물을 달라며 승무원에게 손을 흔들 뿐이었다. 승아는 다른 때와 다르게 이번 출장에서 유독 피곤해하는 국 과장이 처음으로 안쓰럽게 느껴질 정도였다. 언젠가 사무실 안쪽을 힘없이 비추던 오후의 빛을 사람의 모습으로 빚어내면 꼭 그와 같을지도 모르겠다는 생각을 하며 승아는 그를 흘끔거렸다.

집 떠나 있으면 그래, 원래. 신경쓰지 마.

그는 눈을 감고도 걱정스러운 눈빛으로 자신을 바라보고 있는 승아를 의식했는지 크게 상관할 필요가 없다는 투로 중얼거렸다. 승아는 그가 노모와 단둘이 산다는 것을 들어 알고 있었다. 회식이 있든 야근을 하든 저녁밥은 늘 집에 가서 먹는 습관이 있는 것도.

비행기 안에서 내내 잠을 잔 것뿐인데 그는 프랑크푸르트 공항에 도착해서 이유를 알 수 없는 코피를 흘렸다. 그는 그걸 대수롭지 않게 닦아내더니, 내가 집만 떠나면 이래, 라고 해서 안 그래도 안쓰럽게 여기던 마음을 쓸어내리게 했다.

"미안한데, 정율 씨 잘 만나서 사전답사 좀 잘 좀 마무리해 줘. 난 이번엔 도저히 안 되겠어. 해외 나오면 습관적으로 종종 그러긴 했는데 이번에는 몸이 너무 안 좋네. 몸이 회복되는 대로 합류할게."

국 과장은 저녁을 먹으러 가서도 전혀 먹지 않고 우울한 기색으로 말했기 때문에 승아는 별다른 대꾸 없이 고개를 끄덕였다. 하마터면 집밥을 못 먹어서 그러시는 거예요? 하고 물을 뻔하다가 간신히 참아낸 걸 빼고는 서로 간에 별다른 말도 없었다. 많이 먹어, 그게 승아가 식사를 마칠 때까지 국 과장이 건넨 유일한 말이었다.

은색의 티타늄 안경테와 파란색 상의가 그렇게 잘 어울리지는 않는 것 같다고, 승아는 처음 만난 정율을 보며 생각했다. 모호한 성격의 대화 방식을 가진 그와는 아주 다른 선명한 톤의 아이템들이었다. 마인강을 건너면서 마셨던 커피 내음이 아직 코끝에 매달려 있던 참인데 악수를 청하러 다가선 그의 향수 냄새가 그 여운을 덮어버렸다.

만나기로 한 곳은 정율이 다니는 자동차 회사의 지점 사무실이었고, 그는 약속 시간보다 10여 분 늦게 도착했다. 정율은 그보다 키가 큰 독일 여자와 동행했는데 그녀를 슈테파니 마이어라고 소개했다. 그녀는 계약과 예산에 대한 협의를 담당하는 직원이라고 했다.

"국 과장님은요?"

정율은 자리에 앉자마자 국 과장에 대해 물었고 승아는 그가 오지 못한 이유에 대해 변명처럼 꽤 장황하게 설명했다. 늘 예정된 대로만 행동하는 정율에게 혹시나 트집이 잡혀 일이 어긋날까봐서였다.

"몸이 안 좋다는 말씀이시죠?"

정율은 승아의 구구절절한 국 과장 부재 이유를 듣고 대수롭지 않은 듯 물었다. 승아는 필요 없이 긴 말들의 끝을 네, 하고 작고 힘없는 목소리로 마무리지었다. 그는 국 과장이 함께 미팅에 참여하지 않은 것에 대해 크게 신경쓰지 않는 눈치였고 승아는 겨우 안도했다.

펼쳐놓은 서류들을 슈테파니와 정율이 함께 들여다보며 독일어로 대화를 나누는 동안 승아는 테이블 끝부터 조금씩 점유해오는 빛의 한가운데로 손을 뻗었다. 손으로 햇빛이 타고 올라왔고 생각보다 따뜻하다고 느꼈다. 조금 후에 그녀는 뻗은 손을 빛이 없는 쪽으로 움츠렸다. 손을 바라보는 정율의 시선 때문이었다.

"좋은 날 오셨어요."

"네?"

"불과 지난주까지만 해도 내내 흐린 날이 이어졌었거든요. 어쨌든 저 때문에 마음고생 많이 하셨죠?"

죽여버리고 싶을 만큼.

승아는 정율을 노려보면서도 속으로 중얼거릴 뿐 내색하지 않았다. 다른 곳은 모두 음울한 잿빛이었는데 이 공간에만 작은 창을 뚫고 엷은 빛이 깃들어 있었다.

"여긴 하나의 결정을 내릴 때까지 지나치게 신중할 때가 많아요. 저도 그 대답을 기다리는 직원일 뿐이고요. 혹시나 그런 부분이 승아 씨의 마음을 어지럽게 했다면 죄송합니다."

그의 안경 너머 약간은 기민하게 보이는 검은 눈동자가 흔들렸다. 그 말을 듣고 한순간 꽉 막혀 있던 매듭 하나가 목 끝에서 풀린 느낌이었다. 긴장한 탓에 가만히 잡고 있던 바지 주름에서 손을 뗐을 때 슈테파니가 계약 사항에 대한 기본적인 확인을 마쳤다며 승아를 향해 환히 웃었다.

미팅을 마치고 호텔로 돌아가면서도 승아는 계약이 어떻게 진행되었는지 당황스러울 만큼 하나도 기억나지 않았다. 오로지 기억나는 것은 끝내 자신의 목덜미까지 타고 들어온 빛과 사무실의 소음이었고 정율이었다. 불과 며칠 전까지 그녀의 감정을 사로잡던 것과는 전혀 다른 맥락의 만남이어서 그 인지의 부조화로 승아는 그날 밤 내내 잠에 들 수 없었다. 호텔 테라스에서 보이는 평면의 도시는 구획이 잘된 미니어처 같았고, 낯선 공기는 세포를 모두 바꿔놓을 것처럼 차갑고 이질적이라고 생각하며 그녀는 그 새벽에 담배를 꺼내들었다.

"로만티셰 슈트라세로 가다보면 블랙포레스트를 통과하게 될 거예요. 차가운 곳이죠."

정율이 내일 있을 답사 이야기를 꺼내며 덧붙인 말을 떠올리면서, 승아는 필연적으로 아버지를 생각할 수밖에 없었다. 아버지가 누워 있을 수술대의 찬 기운을 포집하듯이 그녀는 공기 중으로 뱉어낸 담배 연기 사이로 손을 내밀어 움켜쥐었다. 의식 속에서 아른거리는 존재를 낯선 장소에서까지 떠올리고 싶지 않았지만 마음대로 되는 건 아니었다. 마취와 수술이 인간의 몸을 차게 만들 때 그건 어쩌면 온기가 돌아오기 전 겨울 숲 같을지도 몰랐다. 돌아가면 아버지의 겨울을 쓸어내려야겠다고 막연히 생각하고 나서야 그녀는 잠에 들 수 있었다.

아침에는 비가 내렸다.

승아는 커피 마실 시간이 없음을 아쉬워했고 어쨌든 국 과장 없이 하루의 답사 일정을 잘 마무리할 수 있기를 바라는 마음뿐이었다. 국 과장이 없는 것은 홀가분한 일이었으나 적어도 그의 부재를 메꾸지 못해 일이 잘못되었다는 지적만큼은 받고 싶지 않았다. 국 과장은 조식조차 먹으러 내려오지 않고 내내 룸에 머물렀다. 승아가 전화를 했을 때 그는 한참 복통 때문에 힘겹다며 맥없는 목소리로 말했다. 병원에 가봐야 하는 게 아니냐고 승아가 물었을 때도 그는 언제나처럼 '집 떠나면 원래 그래' 그렇게 몇 마디 안 되는 말로 그녀를 열없게 만들었다.

오늘 나 없이 잘 부탁해, 그 말을 할 때 국 과장의 목소리는 약간의 생기를 되찾은 듯했으나, 로맨틱가도 어땠는지 꼭 얘기해주고, 이어진 말은 어쩐지 쓸쓸하게 느껴졌다.

"네, 걱정하지 마세요."

승아는 목소리에 단단하게 힘을 준 채 말했다. 국 과장은 한동안 말이 없다가 응, 그래, 했을 뿐이었다.

"그럼 이만 끊을게요."

승아가 말했지만, 국 과장은 통화를 끊지 않고 있었다. 그녀는 말없는 국 과장보다 먼저 전화를 끊었다. 끊고 보니 그가 뭔가 할말이 남아 있었던 듯싶었지만, 승아는 개의치 않고 길을 나서기로 했다.

프랑크푸르트의 잿빛 안개 속으로 걸어들어가면서 승아는 오늘 자신이 지나치게 선명한 자주색의 코트를 입었다는 것이 조금 부담스럽기는 했다. 승아는 아주 잠깐 다시 돌아가 옷을 갈아입을까 생각했지만 망설임 끝에 가던 방향으로 발길을 재촉했다. 그러면 그러는 대로. 네모나면 네모난 대로. 그렇게 아무렇게나 생각하자고 다짐했는데 그렇게 무책임한 감정이 드는 건 정말이지 오랜만이었다.

*

아버지가 돌아가신 다음 승아는 생각했다. 어쩌면 좋은 기억은 모두 유년시절에 있었고 그 이후 삶은 멈출 수 없는 톱니바퀴에 기름칠을 해가며 어쨌든, 굴러가는 거라고. 아버지와 공존했던 한 세대의 공백이 크긴 했어도 동시대인으로 살았던 그 시간들을 승아는 애도하며 지냈다. 그리고 되도록 가볍게 살려고 노력했다. 먹고살 수 있는 정도, 그 정도로만 가볍게. 그건 마치 덤으로 사는 것 같았다.

회사 그만두면 뭐 할 계획이니? 사람들은 퇴사를 앞둔 그녀에게 그렇게 물었고, 딱히 할일이 없다고 하면 자기 나름대로 충고를 하느라 바빴다. 어딘가 모르게 한심하다는 듯 바라보거나, 지금 뭐라도 빨리하지 않으면 인생 금방이라며 괜한 저항심이 들게 하는 이도 있었다. 허약한 빛이 오후 내 감돌다가 사라지면 모두 다 같은 색으로 건조해지는 사람들. 그 다름없음을 다행이라고 여기는 사람들 속에서 견디는 게 힘들었음을 승아는 떠올렸다. 승아는 매 순간 사무실을 돌아가며 비추는 무른 빛의 줄기 속에서 빠져나오고 싶었다.

승아는 물음에 대한 방어막이 필요했다. 나름의 변명 같은 걸 만들어내지 않으면 안 되었다.

"로만티셰 슈트라세에 갈 거예요."

승아는 독일에서 들었던 정율의 발음을 떠올리며 말했다. 음절 마디 끝에서 '쎄'로 경음화되는 그의 발음은 경쾌했고 명료했다. 정작 독일에서 승아가 마음을 빼앗긴 건 그 길 자체가 아니라 처음 그녀가 들었던 그 발음과 음절의 억양과 연음이었다.

사람들은 대부분 "그게 뭔데? 어딘데?" 하고 물었고,

"로맨틱가도요. 독일의."

그렇게 말해도 절반은 알아듣고 절반은 알지 못했다. 그래도 사람들의 관심을 자신에게서 그 장소로 옮기는 데는 성공해 이전처럼 늘 비슷한 충고가 끼어들 여지는 없앨 수 있었다. 사람들이 원하는 건 끊어낼 수 없는 반복적인 일상의 괴로움을 위로받을 불완전한 타인일지도 모르겠다고 승아는 그때 생각했다. 사람들의 불필요한 관심과 조언과 충고와 만류 속에서 그녀를 보호막처럼 감싸주었던 건 오로지 그 길 하나뿐이었다.

루프트한자항공 예약 취소를 보류하고 나자 그녀가 걷어내려고 했던 어떤 동경과 그리움은 다시 품안에 놓였다. 그것은 다시 말해 그녀를 괴롭히는 일이기도 했다. 그건 닿을 수 없는 곳을 향해 항상 마음을 열어놓고 사는 일이었으므로.

엘리베이터가 열리고 센터 사무실 안으로 들어섰다.

고용센터를 찾는 사람들은 전보다 훨씬 많았고 그들의 기색을 살피는 일은 어쩐지 거울을 보는 기분 같을까봐 승아는 고개를 숙이고 걸었다. 가방 속에서 심하게 구겨진 취업희망 카드의 모서리를 손가락으로 몇 번 집어 반듯하게 폈다. 접힌 자국이 이런 일에 무감하고 애정이 없으나 때가 되면 펼쳐봐야 하는 보기 싫은 스스로의 마음 같았다.

"구직활동 중에 다른 회사에 재직한 적 없으시죠?"

오래 기다린 후 앞에 선 창구 안에서 KF94 마스크로 얼굴 대부분을 가린 남자 상담 직원은 승아가 제출한 서류를 살펴보며 건조한 말투로 물었다. 그건 방문할 때마다 듣는, 어쩌면 형식적인 질문이었는데도 승아는 그 앞에서 늘 가슴이 떨렸다. 구직에는 뜻이 없어 당연히 다른 회사에 재직할 일은 없었다. 그러나 실업급여를 받기 위해서는 몇 차례 요구되는 구직 활동을 해야 했다. 그 점이 마음을 건드는지 승아는 괜한 죄책감을 느꼈다.

"없으신 거죠?"

남자는 안경테로 눈빛을 가린 채 그녀에게 재차 물었다.

"없어요."

대답하는 목소리는 조금 떨렸고 그녀는 다른 곳으로 시선을 옮겼다. 건물 창문을 타고 들어오는 빛은 늘 생기 없는 회색 빛깔처럼 느껴졌다. 서류를 정리하며 도장을 찍고 있는 상담 직원의 등허리에 얹힌 빛의 파장이 몇 차례 그녀의 눈꺼풀을 건드렸다.

"다음 차수부터는 고용센터 직접 오시지 않아도 되고, 온라인으로 구직활동하시고 전송하시면 되는데 그렇게 하시겠어요?"

승아는 고개를 끄덕였다. 그녀는 요즘 말이 없는 세상에 사는 느낌이었다. 무심코 내뱉은 말을 물고 늘어지는 이도, 왜 그런 말을 하는 거냐며 캐묻는 사람도 없었다. 말들은 마스크 안에 갇혀 있다가 이따금씩 내뱉어지거나 했고 또 아예 그럴 필요도 없어 그녀는 가끔 편안한 감정마저 느꼈다.

—다행이네요.

건물을 나서다 말고 승아는 휴대폰 액정 화면에 뜬 정율의 짧은 메시지를 가만히 바라봤다. 비행기 티켓을 취소하지 않고 보류했다는 그녀의 메시지에 대한 답이었다. 어쩔까 하다가 승아는 휴대폰을 다시 가방에 그대로 집어넣은 다음 우산을 펼쳐들었다. 요즘은 긴 우기처럼 스콜성 소나기가 자주 갑작스럽게 내렸다.

*

"이 버튼 사용해본 적 있어요?

옆자리에 앉은 정율은 콘솔 근처의 버튼을 가리키며 승아에게 물었다.

"뭐가요?"

승아는 자꾸 말을 시키는 그가 성가셨다. 그녀는 시선을 정면에 달아둔 채 한 손으로는 핸들을 잡고는 다른 손으로 정율이 가리킨 쪽을 더듬거렸다.

"아뇨, 그 밑이요."

승아는 정율을 살짝 노려본 다음 다시 정면을 바라봤다.

"해주시면 안 돼요? 운전중인데."

자기도 모르게 날카롭게 말이 튀어나간 것을 승아는 느꼈으나 정율은 그녀의 손짓을 바라보며 편안한 표정으로 웃음을 짓고 있었다.

"해봐야죠. 경험인데. 나중에 임원분들에게 이렇게 하면 된다고 얘기라도 해줘야 할 거 아니에요."

"무슨 버튼인데요? 얘기를 해주셔야죠."

"일단 해봐요."

승아는 마침내 그가 가리킨 버튼을 찾아 손가락으로 눌렀다.

"아뇨, 버튼을 누르지 말고 올려요."

"저기요……."

어쩌다가 작동이 된 건지 차를 덮은 지붕이 들어올려졌고 열린 틈새로 파고들어온 빛이 승아의 시야를 어지럽혔다. 차가 달리는 방향에 저항하듯 밀려들던 거센 바람이 초를 다투

는 은행 강도처럼 승아의 머리를 덮은 녹색 모자를 잡아채고
는 차 뒤로 사라졌다. 승아는 한 차례 뒤를 돌아봤다가 다시 정
면으로 얼굴을 돌려 백미러를 바라봤다. 끊어진 실처럼 모자
는 힘없이 어딘가로 휩쓸려가고 있었다. 순간 승아는 그 모습
이 자신이었으면 좋겠다고 생각했다. 그저 바람에 날려 어딘
가로 쓸려갔으면 하고.

둘 간의 침묵을 먼저 깬 것은 승아였다.

"원래 좀 그렇게 즉흥적이신가봐요."

작정하고 한 말. 그건 내면이 밀어낸 말이었다. 그런 말쯤
해도 된다고, 그렇게 밀어내듯. 평소라면 승아는 무심코 뱉어
낸 말이 신경쓰여 괜히 먼저 사과를 했을지도 모른다. 게다가
정율은 국 과장이나 다른 상사에게도 자신에 대해 언제든지
나쁘게 말할 수 있는 위치에 있는 사람이니까. 하지만 승아는
그러지 않기로 했다. 언제나 그런 걸 염려하며 살아왔다.

정율은 굳은 얼굴로 아무 말도 하지 않은 채 정면을 주시했
다. 그의 모습을 곁눈질하면서 승아는 어쩔 수 없이 괜히 모난
말을 한 게 아닌가 후회하다가, 어쩐 일인지 그녀는 자신의 행
동을 자책하고 싶지 않다는 생각을 했다. 각진 사람이 되지 않
기 위해 자기 자신마저 잃을 수는 없으니까. 처음, 승아는 그런
생각을 했다.

사라지는 것은 모자뿐만이 아니었다. 포르셰 한 대가 차 뒤
에 바짝 붙더니 라이트를 깜박였다. 차선을 변경하자 차를 앞

지르더니 금세 시야에서 사라졌다. 몇 대의 차가 그렇게 빠른 속도로 앞질러가는 것을 두려운 마음으로 바라봤고, 속력을 좀더 내봐요, 한참을 말이 없던 정율이 정면을 주시하며 말했다. 여긴, 아우토반이잖아요, 그 말을 덧붙이며.

속도계가 시속 140킬로미터를 가리켰을 때, 정율은 좀 더요, 더. 그렇게 주문했고 승아는 정율이 남에게 뭔가를 시키는 것에 대해 승아 스스로가 관대하거나 그럴 수 있는 사람이라고 믿고 있는 것은 아닌지 의심했다. 그 믿음이 조금이라도 손상되면 토라져버리는 소심한 사람에 불과하면서. 승아는 따로 대꾸하지 않고 그가 하라는 대로 속력을 높였다. 150킬로미터, 시야가 넓게 트인 직선도로에서 정율은 조금 더 높여도 될 것 같다고 얘기했고, 160킬로미터, 정율은 더이상 얘기하지 않았는데도 승아는 속도를 계속 높였다. 170킬로미터, 그리고 190킬로미터, 속도계가 200킬로미터를 향해 갔다. 바람이 목에서부터 옷깃 안쪽으로 타고 들어왔는데 어느 순간부터인가 그녀는 바람에 들려 맨몸으로 달려가는 느낌이었다.

그때의 감정을 어떻게 설명해야 할까, 하고 승아는 나중에 정율에게 말한 적이 있다.

어땠는데요? 정율이 물었다. 고즈넉한 밤이었고 승아는 정율 옆에 나란히 누워 들어올린 두 발을 벽에 기댄 채였다.

슬펐어.

슬펐다구요?

응.

어째서요.

이대로 죽어도 상관없겠다고 생각했거든.

사고를 당하거나 어떻게 돼도요?

응. 그대로 사라질 수만 있다면.

그렇군요.

정율이 승아에게서 천장으로 시선을 돌렸다.

그때 나한테 했던 말, 기억나?

응? 아, 그 말. 진심이었어요.

정율이 작게 웃었는데 가르랑거리는 소리가 승아의 볼을 간지럽혔다.

한국에서도 원래 이렇게 달려요?

정율이 물었다. 승아가 옆을 돌아보자, 앞을 보고 말해야죠, 하고 그는 정색을 했다. 놀란 얼굴로 가까스로 묻고 있는 것 같은 그의 표정이 승아는 어쩐지 재미있었다.

아뇨. 고속도로에서도 90킬로미터 이상은 못 밟아봤어요.

그 말을 들은 정율의 표정이 납작해진 걸 승아는 기억한다. 그리고 그는 기어코 한마디를 했다.

원래 좀 사람이 즉흥적인가봐요.

그 말에 승아는 웃음이 터졌다.

아우토반이라면서요.

그러자 정율이 피식 웃었고, 그렇게 연결된 심지가 어쨌든 둘의 마음속 불꽃을 틔운 건 맞는 것 같다고,

승아는 정율에게 그때를 떠올리며 말했다. 유화물감을 진득하게 바른 풍경 안에 있는 것 같은 그 기묘한 느낌. 그만큼 생생한 감각으로 자리잡은 기억이 인생의 한구석에 고정되어버렸다고, 사라져도 그만일 정도로 좋은 시절에 있었다고, 정율에게 고백하고 싶었다. 하지만 그 기억의 생동이 금방 날아가버릴까, 언젠가부터 습관으로 생긴 말 닫음으로나마 그 감정을 지키기로 했다.

*

승아는 어렸을 때 아버지가 회사를 그만두던 모습을 기억한다.

익숙한 길이 아니라 다른 방향을 바라보고 싶어 한다는 걸 승아는 어렴풋이 느꼈고, 일단 길을 튼 다음에는 이전의 길로 돌아갈 수 없다는 사실을 예감했다. 새로운 길을 일구느라 이전처럼 가까이 있지 못하게 된 아버지를 보며 깨달은 것이었다. 그리고 나서도 여러 번 아버지는 길을 틀었다.

아버지는 갑갑한 도료 회사에 다닐 때보다는 허리가 좀 아

프기는 해도 버스를 모는 일이 더 낫다고 했고 마트 창고에서 일을 할 때보다는 그래도 화물차 운전이 역동적인 맛이 있어 좋다고 했다. 승아는 아버지가 길을 자주 틀어야 했지만, 갈수록 더 나은 길을 찾아가는 줄 알았다.

그런데 말이다. 넌 꼭 커서 웬만하면 한 회사만 다녀라. 그것도 오래. 아니면 공무원도 좋고.

어느 순간부터 아버지는 습관처럼 그 말을 승아에게 했고, 판에 박힌 그 충고를 승아는 싫어했다. 인생의 답을 가지지 못한 사람이 이제 막 답을 찾고 있는 이에게, 그게 별로 의미가 없을 거야 세상의 답은 거의 정해져 있거든, 그렇게 얘기하는 것 같았다. 아버지가 터놓은 길들이 매번 더 낫지 않았음을 노곤한 기색이 역력한 아버지의 거친 주름 안에서 원치 않게 발견하고는 했다. 진실이란 그렇게 드러나는 것 같았고, 그 무렵 승아는 세상에 자신이 없어졌다.

사회생활을 시작한 이후 승아가 가장 많이 들었던 말은 사람이 둥글지 못하고 왜 그렇게 모났냐는 것이었다. 솔직한 게 때로는 해가 된다는 걸 알게 되면서 다른 사람처럼 의식적으로 둥글게 말하려고 애썼다. 둥글다는 건 보편의 언어로 이야기하는 법이었다. 마음과 달라도 상대방을 기분 좋게 하는 말들을 벼려두고는 때가 되면 써먹었다. 관계가 형식이 되는 삶을 오래 살았으나 자아의 언어는 종종 억압을 벗어나고 싶었는지 가끔 입 밖으로 탈출하곤 했다.

회사를 그만둘 때 승아는 아버지를 생각했으나 오래전부터 든 생각이었으므로 결정을 바꾸지는 않았다. 독일을 다녀온 후로는 자신이 어쩌면 다른 사람일 수도 있지 않을까 싶었다. 이제 막 속력을 내도 될 만한 사람이라는 걸 겨우 깨달았는데 다른 사람의 기준과 속도에 견주어 맞춰갈 수 없다는 것도. 자기가 얼마만큼 달릴 수 있는지 알 수 있는 것도, 시험해볼 수 있는 것도 자신뿐이라는 생각으로 회사를 나왔다.

아버지가 돌아가셨을 때 승아는 자신이 패배자가 된 듯한 기분이었다. 아버지가 바라던 모습으로 마지막을 대하지 못했다는 뒤늦은 마음 때문이었다. 보이고 싶은, 보일 수 있는 게 아무것도 없었다. 아우토반에서 벗겨져 날아간 모자처럼 그렇게 아버지가 멀어져가는 모습을 그저 바라만 볼 수밖에 없었다.

카페에 도착했을 때 비는 더 세차게 내려 실내를 더욱 어둡게 감쌌다. 카페 공사가 언제 재개될지 모르는 일이었고, 코로나가 언제 끝날지는 더더욱 알 수 없었다. 톱질을 하다만 팔레트를 바닥에 엎어놓고 승아는 그 위에 걸터앉았다.

회사를 그만둘 생각을 승아는 진작에 하고 있었지만 국 과장만큼은 회사에 어떻게든 남아 뼈를 묻고 말 것이라고 여겼다. 그만큼 회사에 충성도가 높았고 일을 일상의 전부로 삼을 만큼 헌신적이었기 때문에.

그가 프랑크푸르트에 있는 병원의 응급실에 실려갔다는 건, 뒤늦게 전화로 알려준 간호사를 통해서였다. 영어로 말할까요, 독어로 말할까요? 간호사는 친절했던 것으로 기억한다. 아우토반을 벗어나 로맨틱가도의 첫 출발지인 뷔르츠부르크의 알테마인다리 위를 지날 때였다. 차를 돌려 다시 프랑크푸르트로 돌아오는 동안 승아는 정율과 딱히 대화를 나누지는 않았다. 어두운 밤이었고 정율은 졸음을 참아내다가 옆으로 기울어 잠이 들었다.

그 길이 승아에게는 암전된 인생의 길을 달리는 것처럼 각인됐다. 혈액검사를 받은 국 과장의 빈혈 수치와 혈소판 수치가 모두 낮았는데 재생불량성빈혈이라고 했다. 국 과장이 입원해 있는 동안 승아는 예정된 2박 3일의 일정보다 보름을 더 프랑크푸르트에 머물렀다. 그 기간 동안 정율의 집에 머물렀다는 건, 그때 국 과장에게는 얘기하지 않았다.

한국에 돌아와 회사를 먼저 그만둔 것은 국 과장이었다.

가방 속에서 진동이 울렸다. 오는 길에 길바닥에 떨어뜨려 심하게 일그러진 휴대폰 액정 화면으로는 발신자가 누구인지 알아볼 길이 없었다.

"나예요, 율."

그 목소리를 듣고 승아는 안도했다.

"메시지 답이 없어서."

승아는 빗물이 새고 있는 천장을 올려다봤다.

"보내려고 하긴 했는데……."

검은 일상이었다. 조금은 지쳐 있는 것 같았고. 어느 정도는 또 포기하고 싶었고, 승아는.

"했는데? 한동안 보지 못했다고 나 잊어버리는 건 아니죠?"

농담 같은 말이라도 표정은 뻔하게 진지할 정율이 떠올라 승아는 잠시 미소를 지었다.

"그럼."

"……."

"아니지."

하지만 확신할 수 없을지도. 그 말이 가슴속에서만 차올랐다. 점점 높아가는 시간의 산을 타고 넘을 수 있는 인간은 많지 않으니까. 우리는 그 시간의 꼭대기에서 멀리 내려다보이는 아주 작은 존재로 거기 머무를 뿐이니까. 승아는 지극히 현실적이 되어 있는 자신을 보고 있었다. 승아는 되도록 동그랗게 말하고 담담히 전화를 끊고 싶었다.

"로만티셰 슈트라세, 꼭 같이 갈 거죠?"

정율의 말에 승아는 대답하지 않았다. 바로 앞을 담보할 수 없는 현실 앞에서 그 의미 없는 공허함을 담은 질문을 서운해하며.

"우리는 서로를, 잊게 될까요?"

승아는 대답하고 싶지 않다.

"잊히는 게 두려워요?"

갑작스레 마음을 헤집는 그의 말도 승아는 부담스럽다.

"정율."

"무화되지 않을 사람의 마음은 없어요."

그는 잠깐 침묵하더니,

"시절도 그렇죠."

고요히 말한다. 마음이 대책 없이 물러졌다. 어떻게든 정해진 구획 안에 머물러 있어야 할 마음의 경계가 허물어지고 있다고 승아는 느꼈다. 새삼 네 살 연하인 그의 나이가 낯설었다.

"사라져도 괜찮아요, 어디로든. 그건 당신이 잘 가고 있다는 증거일 테니까."

승아는 휴대폰을 끊지 못하고 침묵으로 그의 호흡을 느꼈다.

"있잖아, 정율."

"말해요."

잠시 승아는 정율의 각도에 따라 빛나는 안경테를 떠올렸다.

"나는 네 곁에 있어."

처음에는 동그랗게 말한다고 생각했었는데 말하고 나니 온전히 그녀가 하고 싶었던 말임을 깨달았다.

"당신이 나를 잊는다고 해도."

승아는 덧붙여 말했고, 정율은 말이 없었다.

창이 심하게 흔들렸는데 예보대로 태풍이 곧 닥칠 모양이
었다.

앙상블

앙상블

사실 경희를 만나려고 만난 것은 아니었다. 내가 먼저 경희를 봤다면 나는 아마도 버스에 타지 않았을 것이다. 나와 곧 결혼을 앞두고 있는 J가 그녀의 어머니를 논현동 게장집으로 퇴근시간에 맞춰 모셔오지 않았더라면 굳이 몸을 구겨가며 버스에 탈 일은 없었을 것이다. 경희를 만나고 나서 나는 그렇게 생각했다.

　정체 탓에 긴 행렬로 이어진 차들 사이를 뚫고 145번 버스는 간신히 차선을 바꿔 정류장 쪽으로 겨우 몸을 돌렸다. 출입문 앞쪽까지 가득찬 사람들의 무게를 견디며 몸을 늘어뜨리고 천천히 기어오는 버스를 바라보자 절로 한숨이 새어나왔다. 조금 일찍 나오지 그랬어. 조금 늦을 것 같다는 내 문자에 J는 핀잔 섞인 회신을 보내왔다. 마무리하지 못한 일들이 머릿속을 맴도는 걸 떨쳐내지 못하며 나는 되도록 남들보다 도로 가까이 다가섰다. 버스 앞문이 열리기는 했지만 입구까지 막아선 사람들을 어깨로 밀어내며 올랐다. 바로 뒤에서 내 등을 떠밀던 남자는 문이 닫히지 않자 결국 내릴 수밖에 없었다. 남자의 낭패한 표정이 나에게는 웬지 위로가 되는 것 같았다. 버스 문이 겨우 닫혔다. 기다리고 있던 여러 사람들이 버스를 타기 위해 몰려들었지만 선택받은 사람은 나 혼자였다. 근래 들어 가장 운이 좋은 순간이었다.

다음 정거장에서 몇 사람이 버스 앞문으로 내리는 탓에 출입구 난간에 서 있던 나는 잠시 내려섰다가 다시 사람들을 밀치고 버스 안쪽으로 올라섰다. 정류장에서 기다리던 사람들이 버스 문 앞으로 몰려들었지만 탈 수 있는 사람은 몇 사람 없었다. 출입구 쪽의 사람들에게서 창밖으로 시선을 돌리자 거기에는 퇴근 때보다 더 짙어진 어둠이 있었다. 버스 안의 사람들이 고개를 숙인 채 무표정한 얼굴로 저마다 각자의 휴대폰을 보는 모습이 창에 반사되어 보였다. 무심코 사람들을 훑어보는데 버스 중간쯤에서 나처럼 창밖을 쳐다보고 있는 사람이 눈에 띄었다. 낮은 조도의 등 아래에서도 확연히 알 수 있었다.

경희였다.

오래전부터 나에게 닿아 있었던 듯한, 사람들을 비집고 버스에 탈 때부터 나를 알아봤을 것 같은 무겁고 진득한 시선이었다. 우리가 서로 보지 않았던 시절부터 그래왔다 하더라도 어색하지 않을 것 같은 경희의 그 진득한 시선에 사로잡힌 나는 자리에서 움직일 수가 없었다. 무표정한 사람들의 흔들림을 사이에 두고, 경희와 나는 창을 통해 비친 서로의 모습을 확인할 수 있을 뿐이었다.

"앞으로 내려도 되죠?"

버스 맨 앞자리에 앉아 있던 한 중년여성이 사람들 사이를 비집고 기사 쪽을 향해 고개를 내밀었다. 버스 기사는 대답이 없었다. 버스 앞쪽으로 끼어들어 미적거리는 차량 때문에 예민해진 탓인지 기사는 상향등을 반복적으로 깜박거렸다. 버스 기사는 앞문은 되도록 열지 않는 편이 좋겠다고 생각한 것 같았지만 뒤로 갈 수 없어 앞쪽으로 내리려는 사람들 때문에 어쩔 수 없이 문을 여는 듯싶었다. 기껏해야 한두 명 탈 수 있는 공간을 위해 정류장에 있던 사람들이 몰리면서 어깨로, 등으로, 자기 곁에 있는 사람들을 밀어냈다. 버스 기사는 앞문으로 사람들이 몰리지 않도록 뒷문을 먼저 열어 시간차를 둔 다음 앞문을 열었지만 소용없어 보였다. 뒷문으로 타지 못한 사람들이 우르르 앞문 쪽으로 향했기 때문이었다. 사람들은 안간힘을 쓰며 막무가내로 버스에 올라타려고 했다. 버스 앞쪽 난간에 매달려 문이 닫힐 수 있도록 까치발을 하고 몸을 앞으로 밀어대는 사람들도 있었는데, 위험하다는 기사의 만류로 결국 내려설 수밖에 없었다. 어떻게든 버스에 올라타겠다며 몸을 욱여넣다가 버스 문조차 닫지 못하게 만들었던 나를 경희가 봤을 것이라고 생각하니 얼굴에 열이 올랐다. 고개를 쭉 뻗어 경희가 있는 쪽을 보려고 했지만 그렇게 해서는 경희를 볼수 없었다. 다시 어스름이 서린 창 쪽으로 고개를 돌리자 그 안에 내게로 향한 경희의 시선이 움직임 없이 그대로 머물러 있었다.

*

경희를 마지막으로 봤던 것은 그녀가 프라하로 떠나기 바로 전날이었는데, 그날은 그녀의 생일이었다. 나는 경희의 생일을 기억하고 있었지만 먼저 연락하지는 않았다. 매년 경희의 생일을 챙겨왔지만 그때만큼은 그녀의 생일을 신경쓸 만한 마음의 여유가 없었다.

지난 수개월간 급여가 체납된 끝에 나는 회사를 그만둔 상태였다. 밀린 임금과 퇴직금이 언제 들어올 수 있을지는 알 수 없었다. 한동안 내지 못한 월세와 저축, 보험, 통신 요금 더미에 묻혀 나는 꼼짝을 할 수가 없었다. 억지로 그 더미를 뚫고 나가 웃으며 경희의 생일을 챙겨줄 수 있을 만한 여력이 내게는 조금도 없었다. 경희를 만나고 어딘가에 체류하는 시간만큼이나 연체된 카드 대금이 더 불어날 상상을 하자 아찔했다. 신용카드 연체 독촉 전화와 메시지가 끊이지 않고 있어 누구를 만나기 위한 외출 자체가 부담인 건 사실이었다.

하지만 먼저 연락을 한 것은 내가 아니라 경희였다. 프라하로 떠나기 전에 꼭 나를 보고 가고 싶다고 했다. 나는 내키지 않는 마음을 누르며 알겠다고 했다. 아무리 돈을 쓰지 않는다고 해도, 적어도 커피 한 잔은 사야 하는 거 아닌가. 그런 생각을 하니 조금 비참한 느낌이 들었다.

─오늘은 내가 살게.

함께 밥을 먹거나 술을 마시고 나서 경희가 보통 그렇게 얘기하면 나는, 배우가 무슨 돈이 있어, 하고는 늘 그렇듯이 그녀보다 한발 앞서 호기롭게 계산을 하고는 했다.

─정말 유명한 배우가 되면, 그때야말로 나를 잊지 말고.

그리고 내가 다짐하듯이 경희의 눈을 보며 얘기하면, 보통 그녀는 익살스러운 웃음을 지으며 고개를 끄덕였다. 유명한 배우라는 말이 낯간지럽다는 듯이.

오늘은 내가 살게.

경희가 그렇게 말하면 그렇게 하게 내버려두어야겠다고 다짐하고 나서야 나는 옷을 챙겨서 나갈 준비를 할 수 있었다.

늘 약속 장소로 정해놓던 홍대입구역 8번 출구에서 만나 경의선숲길 쪽으로 걸어가면서 경희는 딱히 어디를 가자거나 뭘 먹고 싶다고 선뜻 말하지 않았다. 둘이 자주 가던, 맥주를 마시며 음악을 듣기에 괜찮고, 또 무엇보다 술이며 안주가 그리 비싸지 않은 익숙한 곳 몇 군데를 얘기해봤지만, 경희는 하나같이 마뜩잖은 표정을 지으면서 아무 대꾸도 하지 않았다.

"와인을 마시고 싶어."

그럼 어디가 좋을까, 뭘 하고 싶은데. 그렇게 물으려던 참이었다.

와인.

경희를 따라 입 밖으로 뱉은 단어의 모음 두 개가 허공에서 공허하게 떠돌고 있는 것 같았다. 그 두 개의 원 안으로 와인을 무한대로 붓고 있는 장면이 떠올랐다. 경희와 나는 지금까지 한 번도 함께 와인을 마셔본 적이 없었다.

"가자, 안 그래도 생일인데."

그건 비싸잖아. 사실은 그렇게 말하고 싶었지만 그건 결국 나에게 향한 말일 뿐, 경희에게 닿을 수 있는 게 아니었다. 그래도 경희가 그렇게까지 말하는데 가지 않을 수는 없어 나는 그렇게 하자고 말했다. 걸음을 옮기는 중에도 와인과 곁들여 나올 샐러드와 안주의 가격을 가늠하다 머리가 복잡해졌다. 씻어내려고 해도 씻어낼 수 없는 가난한 마음이 경희의 생일을 기쁘게 축하해주고 즐겨야겠다는 생각을 점점 왜소하게 만드는 것과 다르게 거리의 사람들은 하나같이 생기 넘치고 행복해 보였다.

괜찮아 보인다며 경희가 한참을 서슴서슴 서성인 곳은 2층짜리 주택을 개조해 만든 건물이었다. 한번 들어가보자며 앞장서긴 했지만, 그냥 보기에도 고급스러운 건물 앞에 주차된 차들은 거의 대형 수입 세단이었다. 광택이 도는 통창 안쪽으로 와인을 마시며 앞에 앉은 남자를 그윽이 바라보는 여자가 언뜻 보였다. 푸른색을 띠는 롱드롭 귀걸이가 여자가 웃을 때마다 흔들렸다. 건물 안으로 들어서 차례로 마주치는 이들은 어쩐지 나와는 다른 세상의 사람들 같아 보였다. 저마다 색색의 빛을 발하는 사람들 사이를 겁먹은 얼굴로 지나는 걸 들키기라도 할까 나는 조심스럽게 걸었다. 이곳에 어울리는 이들은 따로 있는 듯했고, 나는 초대받지 못한 이방인처럼 느껴졌다.

"와인을 좋아하는 줄 몰랐어."

옷걸이에 외투를 걸던 경희가 나를 돌아보며 엷은 미소를 짓고는 흐트러진 머플러를 매만졌다.

"춥기도 하고. 와인을 마시면 몸이 좀 따뜻해지지 않을까."

그러고는 다정하게 웃던 경희는,

"마음도 그렇고."

그 말을 덧붙이다 이내 뭔가 허전한 표정이 되었다. 머금었던 웃음이 바람에 꺼진 촛불처럼 순식간에 사그라진 뒤였다. 갑작스레 어떤 기억이 엄습한 듯 경희의 얼굴은 차갑게 굳었고, 시선은 탁자 위에 박혀 움직일 줄 몰랐다. 아마도 그 사람에 대한 생각 때문일 거라 짐작하긴 했지만, 부러 알은체를 하는 대신 집에 뭐라도 놓고 와서 넋을 놓고 있는 거냐며 모르는 척 괜한 핀잔을 줬다.

그날따라 경희는 나와 대화중에도 반복해서 몇 번쯤 과장되게 웃다가 다시 떠오르는 생각을 제어하지 못하겠는지 자주 허공을 향해 두 눈을 겨눴다. 경희는 내가 한 말을 놓치기도 해, 무슨 말을 한 건지 반복해 물었다. 경희와 나 사이의 대화들이 서로 다른 방향으로 계속 어긋나고 있었다. 딱히 서로에게 닿을 만한 대화가 없었는데, 생각해보니 그건 우리가 서로에게 솔직한 속마음을 꺼내놓는 걸 주저하거나 의도적으로 피해 빚어진 상황 같았다. 되도록 곤궁한 처지를 비추고 싶지 않아 하면서 짐짓 웃음 짓는 나와, 언뜻 쓸쓸해 보이면서도 아무일 없다며 내색하지 않으려는 그녀 사이에는 자주 말이 겉돌았다.

경희는 잔을 들 때마다 그 안에 든 와인을 말끔히 비웠다. 와인의 검붉은 색조가 건조한 그녀의 갈라진 입술에 틈틈이 스며들었다. 깊숙이 몸안으로 채워넣을 것이 필요한 사람처럼 경희는 그날따라 꽤 많은 양의 와인을 들이마셨다. 나는 경희가 더 많은 술을 마시기 전에 자리를 정리하고 싶었지만, 미처 말릴 틈도 없이 경희는 번번이 와인병을 추가로 주문했다. 처음에는 경희처럼 와인을 잔에 반쯤 따르던 나는 양을 3분의 1로 줄였다. 경희처럼 잔에 든 와인을 단번에 마셔버려도 좀처럼 취기가 오르지 않았다. 결재해야 할 금액이 조금씩 늘어나고 있다는 부담감이 예리한 칼끝이 되어 내 심장을 겨누고 있는 것만 같았다. 마침내 그곳을 나올 때 경희보다 앞서 나오면서 신용카드로 결제한 금액이 25만 원쯤이었는데, 그날 경희는 내가 낼게, 라고 나서지 않았다.

"오늘은 네 생일이니까, 이 정도쯤 괜찮아."

경희는 고맙다는 말을 했다. 평소보다 돈을 더 많이 쓴 게 아니냐며 한 번쯤 얘기해줄 수는 없는 것일까, 하는 생각과 함께 나는 손에 쥔 카드를 내려다봤다. 나도 위로받고 싶다고. 와인을 마시는 내내 엇갈리는 대화 속에서 그렇게도 털어놓고 싶었던 말이 입속에서 웅얼거렸다. 내가 누군가를 필요로 하거나 힘든 상황일 때도 나보다 타인을 더 신경쓰고 위해야 한다는 사실이 나를 초라하게 만들었다.

경희가 프라하로 떠난 이후, 우리는 만난 적이 없었다.

*

팔꿈치로 등을 짓이기는 듯 거세게 밀어대다가 신경질적으로 툭툭 치는 사람은 내 뒤에 서 있던 중년의 여자였다. 등을 마주한 상태에서 뾰족한 팔꿈치로 내 등을 연신 찔러대는 통에 나는 최대한 여자와 간격을 벌리려 애를 썼다. 등을 활처럼 젖히자, 상대적으로 배가 내밀어지는 바람에 이번에는 바로 앞에 선 남자가 나를 흘겨봤다. 이번에는 배를 살짝 뒤로 빼자 다시 여자의 팔꿈치 찌르기가 계속됐다. 내가 앞사람 쪽으로 바투 다가설수록, 그렇게 해서 생긴 빈 공간을 여자가 오히려 좁혀오는 것 같았다. 앞의 남자는 몸이 닿는 게 싫은지 어깻죽지로 나를 밀쳐냈다. 어쩔 수 없이 활처럼 젖힌 등을 일자로 바꿔 세우자 기다렸다는 듯이 여자의 날카롭고 뾰족한 팔꿈치가 등에 닿았다. 왜 자꾸 뒤에서 미냐는 여자의 거친 음성이 귓가에 들리는가 싶더니 어느새 여자가 고개를 돌려 나를 쏘아보고 있었다. 돌아보는 사람들의 시선에 낯이 뜨거워진 나는, "저도 계속 밀려서 그래요" 변명처럼 대꾸했다.

"젊은 사람이 싸가지가 없이!"

여자가 툭 쏘아붙이고는 내게서 몸을 획 돌려버렸다. 애초에 자기 할 말만 하고 돌아서기로 작정한 사람처럼 구는 여자의 행동에 기가 막힌 나는 얼굴이 벌겋게 달아올랐다. 여자는 그러고 나서 꼼짝도 하지 않았다. 평소 같았으면 당혹스러운 마음을 뒤로하고 따져보기라도 했을 텐데, J의 어머니를 뵈러 가는 길이었기에 최대한 평정을 유지하려 노력했다. 괜히 난처한 일로 J의 어머니에게 좋지 않은 인상을 남기고 싶지는 않았다.

버스 뒤쪽의 경희가 사람들 너머로 이 소동을 지켜보고 있을 거라는 생각을 하니 등에 땀이 났다. 나를 세차게 몰아세우는 여자의 짜증 섞인 목소리와 그 앞에서 소심하게 항변하는 나의 목소리까지 모두 듣고야 말았겠지 싶었다. 버스 난간에 간신히 올라타는 모습부터 중년 여자에게 싸가지 없다는 소리를 들으며 모멸감마저 느끼는 지금까지의 모든 상황을 경희가 빠짐없이 알아보았을 거라는 생각이 나를 우울하게 했다. 경희에게 딱히 보일 일이 없던 민낯의 모습이 나는 어쩐 일인지 오늘 하루 만에 적나라하게 까발려진 듯했다.

"그러게 우격다짐으로 버스에 올라탔을 때부터 알아봤다니까."

여자가 등진 채로 한마디를 더 보탰다. 그제야 여자의 짜증이 언제부터 비롯됐는지 나는 알 수 있었다. 나를 비난하는 아주머니의 목소리가 사람들의 침묵을 뚫고 버스 안에 가득 울리는 동안, 혼잡스러움과 실랑이에 지친 나머지 아무 대꾸도 못하고 애저녁에 버스에 타지 말았어야 했다는 스스로에 대한 자책만을 곱씹었다.

"저기요, 그런 사람 아니에요, 아주머니."

경희의 목소리였다.

"아주머니, 방금 뒤에 있는 남자한테 소리 지르신 아주머니요."

도로에는 차들이 늘어서 있었다. 옆 차선으로 옮기려는 차들의 주황색 방향지시등이 깜빡이고, 좁은 틈 사이로 조금이라도 들이밀거나 끼어드는 차를 향한 경적이 쉴새없이 울렸다. 앞선 차들의 붉은 후미등 뒤로 뒤차들의 헤드라이트 불빛이 뒤섞여 불안하게 흔들렸다. 중년 여자는 사람들로 가려진 버스 뒤쪽을 향해 고개를 돌려가며 목소리의 주인을 찾았다.

"뭐야, 누구야?"

조금 전의 격앙된 목소리보다 다소 누그러진 목소리로 여자가 중얼거렸다.

"그런 사람 아니라구요, 아주머니 옆에 있는 남자. 싸가지 없는 사람 아니에요."

김이 서리기 시작한 창 위로 희미하게 얽힌 도로의 풍경은 캔버스에서 흘러내린 물감들이 아무렇게나 뒤섞여 만들어낸 그림 같았다. 별안간 들려온 경희의 목소리가 비현실적으로 느껴졌기 때문인지 바로 앞의 풍경도 아득했다.

"아니 누가 자꾸 이래? 누군데 그래 지금!"

여자는 연신 뒤쪽을 쳐다보다가 목소리를 높여 외쳤다.

"아줌마, 이제 조용히 좀 하세요."

여자가 선 바로 앞 의자에 앉아 있던 남자가 여자를 올려다보며 말했다.

"아니, 내가 괜히 그래요?"

여자가 정색을 하며 남자를 내려다보자 둘 간에 설전이 벌어졌는데, 그들의 목소리는 이내 버스 기사의 욕설에 묻혀버렸다. 사람들이 웅성거리며 버스 앞쪽으로 시선을 돌렸다.

"싸가지 없는 그런 사람 아니에요."

사람들의 웅성거림을 뚫고 경희의 목소리가 튀어나왔다. 사람들의 고개와 시선이 다시 버스 뒤쪽으로 향했다. 경희의 그 외침이 귓속으로 퍼지더니 가슴으로 내려와 마음을 울렸다.

*

경희와 만나지 않고 지내던 시간 동안 나는 딱 한 번 그녀의 연극을 보러 간 적이 있었다. 대학로 소극장에서 연극을 시작했다며 언제고 한번 찾아오라는 경희의 메시지를 받고 나서였다. 경희가 프라하로 떠난 이후 연락이 뜸했기 때문에 나는 그녀가 언제 한국에 돌아왔는지조차 알지 못했다. 연극을 보러 오라는 메시지를 받은 이후에도 몇 번쯤 경희가 먼저 연락을 해왔지만 나는 응하지 않았다. 한동안 일자리를 찾지 못한 끝에 다시 들어간 직장에서의 생활이 고된 이유도 있었지만, 일 이외의 다른 일정은 되도록 만들고 싶지 않은 조심스러운 마음도 있었다. 사무실 책상 한편에서 진동으로 울리는 휴대폰 액정 화면 위에 경희의 이름이 떠 있는 걸 보고도 무심하게 모른 척 지나친 게 여러 번이었다. 진동이 그친 후 부재중전화 목록이 뜬 휴대폰 화면 위에 매번 무표정한 내 얼굴이 비쳐 보였다. 다시 전화가 오면 받아야겠다고, 아마도 그런 생각을 했던 것도 같다. 그러나 경희가 두 번 연속으로 전화를 하는 일은 없었다.

경희에게 연락도 없이 소극장으로 향한 건, 한 번도 그녀가 연극무대에서 연기를 하는 것을 본 적이 없었기 때문이었다. 그렇게나 좋아하던 뮤지컬을 떠나 갑작스럽게 다른 장르의 무대로 옮겨간 이유가 궁금하기도 했고, 연극무대에 선 경희가 어떤 모습인지 멀리서 한번 확인해보고 싶은 마음도 없지 않았다.

나는 애써 경희의 변화를 모른 척하고 싶었지만 그건, 마음대로 되는 일이 아니었다. 프라하로 경희가 떠난 이후에도 그녀의 안부를 궁금해하고, 혹시나 연락이 오지 않았을까 휴대폰과 이메일을 뒤져보며 놓친 것이 있는지 확인했던 것처럼 노력해도 지워지지 않는 것들이 있었다. 연락이 뜸해지는 사이 우리는 점점 멀어져갔지만, 문득문득 떠오르는 기억은 어쩔 수 없었다. 회사 휴게실에서 커피를 내릴 때, 누군가 뒤에서 손으로 등을 짚을 때, 차를 운전하다가 커브를 돌 때 같은 사소한 일상의 틈새를 비집고 떠오르는 기억들이었다. 나랑 사귀자, 해놓고 곧바로 농담이라며 정정하긴 했지만, 경희의 그 말이 한동안 얼마나 나를 들뜨게 했었는지, 처음 뮤지컬 무대에 선 경희를 객석에서 바라보던 일이 그렇게나 떨릴 만한 일이었는지를 재차 묻는 것 같은 기억들이었다. 기억들은 금세 사라졌다가 다시 불현듯 나타났다. 그래서 경희와 멀어지기 위해서는 갖고 있던 기억들이 완전히 소진되어 떠올릴 거리가 없을 때까지 기다릴 수밖에 없을 것 같다고 생각할 정도였다.

한때 서로의 삶 안에 존재하는 크고 사소한 일들을 나누고 공유했던 경희와 조금씩 멀어지고 있다는 사실은 슬픈 일이었지만 그렇다고 이상할 것도 없었다. 어떤 시절 안에 존재하며 서로를 이끌고 지탱하던 필연적인 관계의 인과와 고리가 존재할 뿐이고, 우리는 지금 막 그 인과를 빠져나가고 있는 것이라고. 그러기 위해서 여전히 그 시절에서 벗어나지 않으려는 기억의 관습과 미련을 떨어내는 수밖에 없다고 나는 생각했다.

하지만 나는 오랜 망설임 끝에 경희가 출연하는 연극을 보러 가기로 결심했다. 한때 가까이 곁에 머물던 한 존재의 기억을 완전히 잘라낸다는 게 마음처럼 쉬운 일이 아니어서이기도 했지만, 연극무대에 선 경희를 확인하는 것을 마지막으로 그동안 경희와 함께 지나왔던 한 시절의 궤도에서 완전히 벗어나자는, 기억들의 저항에 결국 설득되었기 때문이었다.

중년남성 배우의 독백으로 시작된 연극의 3분의 1이 지나갈 무렵까지도 경희는 보이지 않았다. 진한 분장을 하고 등장한 그 남성의 딸이 경희일 것 같았지만 아니었다. 중년남성과 내연관계인 직장 후배도 아니었다. 극의 중반쯤을 지나서 등장한 중년여성이 경희였다. 앞서 등장한 여성들이 모두 경희가 아니었을까 생각이 들 정도로 중년여성으로 나타난 경희는 낯설었다. 훨씬 나이가 들어 보이게 분장을 한 이유도 있겠지만 그동안 경희가 뮤지컬에서 맡아왔던 역할들에 비하면 지나치게 정적으로 보였다. 정돈되지 않은 머리와 유행이 지난 옷들을 차려입은 경희의 모습이 그런 탓인지 더 낯설게 느껴졌다. 그런 중년의 역할은 조금 더 나이가 들어도 할 수 있는 것 아니겠냐며, 연극이 끝난 후에라도 찾아가 경희에게 얘기해주고 싶은 심정이었다. 그즈음의 나이가 되면 말이야, 표현하려 하지 않아도 연기가 자연스러울 텐데 굳이 왜. 나는 경희에게 해주고 싶은 말을 거기까지 떠올리다가 멈췄다.

　넌 내 말을 들은 적이 없지.

　정작 내가 경희에게 하고 싶던 말은 바로 그 말이었는데, 그 순간 나는 깨달았다. 내가 하고 싶은 말 속에 경희를 미워하는 감정이 얼마간 존재하고 있다는 사실이었다. 그것에 대해 곰곰이 생각하고 있을 때, 이상하게도 경희가 독백을 할 때마다 나를 정면으로 바라보고 있는 것 같았다. 일부러 무대 뒤편으로 자리를 잡아놓기도 했고, 소극장이지만 그래도 무대조명이 밝아서 어두운 객석의 사람들을 쉽게 알아보지 못할 것이라고 생각했음에도, 경희의 두 눈이 어쩐지 내게로 향해 있는 것만 같아, 나도 모르게 그 시선을 외면한 채 고개를 숙일 수밖에 없었다.

*

　버스는 여전히 천천히 이동하고 있었다. 평소에도 정체가 심한 신사동고개에서부터 가로수길 입구를 거쳐 신사동사거리 쪽으로 내려가는 길에 차들이 어지럽게 엉켜 있었다. 신사동고개에서 정차했다가 출발한 버스는 그나마 정체가 덜한 좌회전 차선으로 옮겨갔다가, 신사역이 가까워오자 가까스로

1차선 쪽으로 가로질러갔다. 엉켜 있던 차 몇 대가 신경질적으로 클랙슨을 울려댔다. 정차했다 서기를 반복하며 넘실거리는 버스가 꾸역꾸역 정류장 쪽으로 향했다. 자리에 앉거나 서 있는 사람들 모두 금요일 퇴근길의 정체가 지겨운 표정이었다.

정류장에서 하차하기 위해 자리에서 일어나는 사람과 그 자리를 차지하려는 사람, 내리기 쉽게 문 옆으로 미리 가 있으려는 사람들이 뒤섞이는 동안, 사람들에게 밀려났는지 경희의 모습은 창에 비쳐 보이지 않았다. 버스가 굼뜨게 앞으로 나아가는 동안 나는 자주 버스 뒤편을 쳐다보았다. 사람들의 등과 머리 사이 틈새 어딘가에 경희가 목에 두른 담청색 스카프가 언뜻언뜻 보이는 것도 같았다.

경희를 만나면 먼저 무슨 말을 해야 할까, 나는 고민에 빠졌다. 이전에 말없이 소극장을 찾아가 객석에서 그녀의 연극 무대를 지켜본 나를 혹시나 알아보지는 않았는지, 아니면 뮤지컬에서 연극무대로 활동을 전향한 이유는 무엇인지, 그도 아니면 그 남자에 대해 캐물어야 할지 판단이 서지 않았다.

연극공연을 보러 갔었다고, 차라리 그렇게 말을 시작하는 편이 좋을지도 모르겠다고 생각했다. 그럼 경희는 알아봤다거나 정말 그랬냐며 되묻거나 둘 중에 하나로 대답을 할 테니까. 그러면 꽤 오랜 시간이 흘러 만나 느낄 서먹함을 조금 덜어낼 수 있겠다는 생각을 했다.

버스는 오도 가도 못한 채 서 있는 차들 때문에 신사역 정류장 바로 앞까지 가지 못하고, 조금 미치지 못한 곳에 정차한 상태에서 문을 열었다. 버스 안에 있던 대부분의 사람들이 앞뒤 문밖으로 쏟아져 내리기 시작했다. 나는 승객들이 버스에서 모두 하차하기를 채 기다리지 못하고 사람들 틈을 비집으며 버스 뒤편으로 향했다. 그런데 이제는 텅 비다시피 한 버스를 아무리 찾고 둘러봐도, 경희는 없었다.

*

아마도, 신사역에 도착하기 전 정류장이나 아니면 그보다 전전 정류장에 내렸을 것이라고 나는 생각했다. 혹 다른 사람을 경희로 착각한 것이 아니었는지 의심도 해보았지만 그건 분명히 아니었다. 그렇게 깊고 말간 눈빛으로 나를 빤히 쳐다볼 수 있는 사람은 경희밖에 없었다. 화가 렘브란트는 자신의 연대기에 따라 자화상을 그려냈는데, 청년기부터 노년에 이르기까지의 모습은 비록 달라졌어도 눈빛만큼은 그대로인 것처럼 느껴진다. 육체는 사라져도 눈빛만큼은 영겁의 시간을 살 수 있을 듯 보이는 것이다. 바로 그 그림 속의 그것처럼 나는 한눈에 경희의 눈빛을 알아볼 수 있었다. 경희의 모습이 시시각각 달라진다고 해도 눈빛 하나로 그녀를 구분해낼 자신이 있었다. 경희도 나를 바라보고 있었다. 버스 창을 통해서였지만 서로를 알아보는 데는 그리 많은 시간이 걸리지 않았다.

그래서 경희가 버스에서 사라진 그 일은 내게 상흔처럼 남았다. 버스에서 내려 신사역에서 지하철을 갈아타고 집에 도착해서도, 날이 지나 출근을 하고, 퇴근 후 일상을 살아가면서도, 그녀가 있었으나 사라졌던 자리와 음성을 지우지 못하고 더듬거리며 있었다. 몇 번쯤 핸드폰을 들고 경희의 연락처를 훑다가 말고, 통화 버튼을 누르려다 멈추고를 반복했다. 갑자기 사라진 경희에게 집중되는 생각의 관성이 스스로를 괴롭혔다. 그런 상황에서 벗어나기 위해서는 버스에서 경희를 만나기 이전으로 그저, 돌아가면 된다고 생각했다. 그렇게 하지 않으면 여전히 그녀를 의식하며 그녀와 연결된 세계에 살고 머물게 될 거라는 알 수 없는 불안이 마음에 똬리를 틀었다. 그녀와 단절된 삶. 그것이 내가 원하는 일이었으므로, 나는 그날의 일을 기억 속에서 정리하기로 했다. 버스에서의 우연한 만남과 기억에 욕심을 내지 않기로 했다. 버스에서 경희가 사라진 이유도 더는 묻지 않기로 했다. 그러나 그게 마음먹은 대로 되는 건 아니었다. 삶의 어디선가 경희는 불쑥불쑥 꼭 뛰쳐나오는 것이었다. 145번 버스에서처럼.

　"혹시, 박도영 씨 아닙니까?"
　굵고 낮은 목소리의 남자로부터 전화를 받은 것은 내가 어느 정도 경희에 관한 일을 잊고 있을 때였다. 회사 연수원에서 승진자들을 대상으로 한 교육을 받다가 밀려오는 졸음 때문에 잠깐 교육장을 나와 라운지 의자에 몸을 기대고 있던 때였다.

"네, 그렇습니다만."

"윤경희 씨의 오랜 친구라고 들었습니다."

남자의 입에서 경희의 이름이 나왔을 때, 그녀를 생각지 않고 지내던 시간은 금세 증발해버리고 애써 외면하려 했던 경희의 기억들이 눈앞으로 쏟아지는 것 같은 느낌이 들었다. 남자의 음성에서 느껴진 알 수 없이 무겁고 감당하지 못할 어떤 예감 때문이었는지 몰라도, 남자가 전한 것은 경희의 죽음이었다.

"그저 한번 연락을 드리고 싶었습니다. 경희가 도영 씨 얘기를 자주 했었거든요. 아주 가까운 친구였다고 들었습니다. 안타깝게도 마지막에 경희는 도영 씨에게 연락을 하지 못했지만요. 뒤늦게나마 소식이라도 알려드려야 할 것 같아…… 연락 드렸습니다."

남자의 무거운 목소리는 내 무의식의 심연보다 더 깊은 아래쪽으로 나를 끌어내리는 소리 같았다. 경희의 존재를 수없이 지우고자 했던 나의 의식에 경종을 울리는, 이제는 너의 뜻대로 영원히 그녀의 존재를 볼 수 없게 되었다는 자책과 원망으로 나를 끌어내리는 목소리였다.

"경희가요……? 아니, 뭔가 잘못 알고 계신 건 아니신지…… 불과 얼마 전에 제가 경희를 버스 안에서 마주쳤었거든요. 경희가 언제 그렇게 되었다는 말씀이신지……."

"이제 5개월이 조금 넘어가네요."

"……네?"

나는 얼떨떨한 마음에 남자에게 되물었다. 경희를 우연히 버스에서 마주친 지 채 2주가 넘지 않았기 때문이었다. 여전히 경희의 죽음을 믿을 수 없어 하며 나는 남자에게 물었다.

"그런데 혹시, 전화를 주신 분은 누구신지……?"

"아, 제 소개가 늦었습니다."

남자가 헛기침을 하며 목소리를 가다듬었다.

"저는 성주원이라고 합니다. 경희와 배우 생활을 같이한 동료입니다."

그 남자. 경희의 한편에 그림자처럼 내내 머무르던 그 남자였다. 경희로 인해 그의 존재를 알게 된 이후 오래 의식해서인지는 몰라도 어떤 낯익은 내음이 휴대폰 너머에서 맡아지는 듯했다. 남자는 경희와 자주 뮤지컬 무대에 함께 오른 사람이었다. 더러 그녀의 상대 역할로 나선 남자 배우. 경희의 뮤지컬을 빠지지 않고 찾아다니며 보아온 내게도 낯설지 않은 사람. 남자는 짧은 머리에 무용수처럼 가늘고 기름한 체형을 가진 배우였다. 겉으로는 여리여리해 보여도 균형 있게 잡힌 근육과 섬세한 몸짓이 무대 위 어떤 이들보다 우아하고 정제되어 보여 나에게도 깊은 인상을 새긴 사람이었다. 그토록 세밀하게 세공하듯 자기 배역을 소화해내는 사람이기에 연습중에는 지나치게 예민하다며 그의 파트너로서 실수라도 할까 걱정스러워하던 경희의 얼굴이 잠시 스쳐지나갔다.

나는 남자가 자신을 소개하고 난 이후 별다른 말을 꺼내놓지 못한 채 침묵하다 전화를 끊어버렸다. 갑작스러운 경희의 소식을 곧이곧대로 믿기 어려운데다, 그 사실이 남자를 통해 전해졌다는 것에 나는 뜻 모를 비정함을 느꼈다. 전화를 끊고 나서 나는, 나의 일부였다고 할 수 있을, 내가 그토록 절멸하고자 했음에도 떨쳐낼 수 없을 정도로 깊이 인생에 각인된 한 존재의 기억과 시절이 불에 타 소멸한 채 의식의 깊은 밑바닥으로 추락하고 있음에 절망하다 그 자리에 쓰러져 울음을 토해냈다. 눈가에 고인 부옇고 불투명한 눈물 너머로 사람들이 달려오는 게 흐릿하게 비쳤다.

*

남자에게서 경희의 소식을 전해들은 다음 나는 주변의 지인들을 수소문한 끝에 그녀의 죽음을 확인할 수 있었다. 이후에는 근 한 달간 매일같이 술을 마셨는데 그때마다 습관적으로 경희에 대한 사소한 모든 기억까지 기억해내려 애를 썼다. 그렇게 파고들수록 그녀와의 관계를 단절하고 지우려 다짐했던 기억도 쌍으로 함께 달려나왔다. 그런 탓에 죄의식으로 번져간 후회의 감정을 희석하고자 나는 끊임없이 그녀의 기억들을 불러모으고 있는지 모를 일이었다.

휴대폰에 찍혀 있던 남자의 번호로 전화를 한 것은 회로처럼 머릿속을 순환하며 떠도는 경희의 기억들과 반복해 점등하며 비친 죄책감으로 마음의 밑바닥을 다지고 있을 때였다.

"안녕하세요, 도영 씨."

그가 나를 알아보며 전화를 받았다.

"다름 아니라…… 경희와 관련해 한 가지 걸리는 점이 있어서 그걸 좀 물어보려 전화를 했습니다만."

서름한 투로 나는 말을 이어나갔다.

"편하게 물어보세요."

"……그때 잠깐 말씀드리기는 했는데, 경희가 그렇게 되고도 한참 후에 제가 버스에서 만났다는 얘기, 혹시 기억하시나요?"

"해요, 기억하죠."

"제가 본 건 경희가 분명했거든요. 절대 잘못 본 게 아니고요. 전 아직 그게 이해가 가지 않아서. 어째서 그런 일이 일어날 수 있는지……."

"그럴 수 있죠."

그가 나지막한 음성으로 단언하듯 말했다.

"네?"

"너무 그리우면 나타나게 되는 법이에요."

터무니없는 그의 말에 할말을 잊은 건 나였다. 뭐라고 반박이라도 하려는 찰나 그는 계속 말을 이어갔다.

"저도 그 사람이 아직 살아 있다는 것으로 믿으니까요. 언제든 만날 수 있다고 생각해요."

그의 목소리에서 촉촉한 물기가 느껴졌다. 경희는 그에게서 느껴지는 미욱스럽고 맹목적인 면면을 좋아했던 걸까. 전화를 하기 전에는 경희를 망쳐놓은 게 당신이 아니냐며 그에게 욕이라도 퍼부어서 밑바닥의 감정을 해소하고픈 마음이 없지 않았다. 그러나 갑자기 그와 나 사이를 얇은 벽 하나가 가로막은 듯했다. 뭔가를 가려내는 게 아무 의미 없이 느껴졌고, 그렇다 하더라도 이제 와서 그게 무슨 소용인가 싶었다. 갑자기 경희에 대해 내가 안다고 생각했던 모든 것이 그녀의 아주 작은 일부에 지나지 않는다는 생각이 그때 들었다.

돌이켜보면, 내가 경희에 대해 생각할 때마다 언젠가부터 그림자처럼 그녀 곁에 붙어 있는 그 남자가 같이 떠올랐다. 그 남자에 대해 "아직도 만나는 거야?" 하고 물으면 경희는 다른 얘기를 하고 싶어 했다. 어쩌다 다시 남자 얘기를 묻곤 하면 경희는, "그 사람 얘기하는 거 너가 싫어하잖아" 하며 감정을 드러냈다. 그 깊고 비어 있는 눈빛으로 나를 빤히 쳐다보면서. 그런 대화는 경희와 만날 때마다 반복이 됐다. 나 역시 경희가 싫어할 것을 알면서도 그게 마음처럼 접어지지 않아 매번 집요하게 그 남자에 대해 물었다. 프라하로 떠나기 전 경희의 생일을 축하하기 위해 만났던 그날을 떠올리면 그래서, 나 스스로가 잔인하게 느껴졌다.

"그 사람, 말이야."

"그 사람 뭐?"

볼에 취기가 붉게 오른 경희의 오른쪽 눈가가 엷게 떨렸다. 이런 얘기는 더이상 주고받고 싶어하지 않는 표정이었다.

"그 사람 만나러 가지 말라고, 프라하에."

"……"

"언제까지 아내가 있는 사람을 만날 건데, 너."

그래도 그 정도는 늘 경희에게 하는 얘기였으니 어쩌면 거기까지만 말하고 멈췄어도 괜찮을 법했다. 경희는 내가 뒤이어 던진 말을 듣고 감정적으로 완전히 무너지는 것 같았다.

"너는 그 사람의 아내까지 망치려는 거야."

그때, 경희의 마음에 상처가 될 것을 알면서도 그렇게까지 말한 이유가 오랜 실직 상태로 지쳐 있던 나 자신에 대한 분노에서 비롯된 것인지, 아니면 그 남자와 위태로운 관계를 끊을 생각이 없어 보이는 경희에게 지친 끝에, 나도 모르게 직설적으로 내뱉어버린 말인지는 나조차도 알 수 없었다. 분명한 건 나라는 사람이 오랫동안 그녀의 편이 돼주기보다 조언에 귀기울이지 않는다며 화를 내고 있다는 사실이었고, 어쩌면 경희는 그런 내가 자신을 혐오한다고 생각했을지도 모를 일이었다. 그녀에게 실망하며 마음을 닫아버리려 노력했던 나와 달리, 이제는 세상에 없는 경희에 대해서도 언제든 만날 수 있다고 말하던 그 남자에게서 나는 어떤 패배감을 느꼈는데, 자세히 그 감정을 살펴보니 더 깊은 안쪽에는 경희에 대한 부채의 감정이 거기 머물러 있었다. 나를 실망스럽게 쳐다보는 것 같은 경희의 얼굴처럼.

*

경희는 그즈음 자주 뮤지컬계를 떠나고 싶다는 얘기를 했었다. 그럴 때마다 그렇게 사랑하는 뮤지컬을 떠날 수 있겠냐고 농담조로 말하면 경희는 별다른 말 없이 허공을 쳐다보고는 했다. 그제야 그 질문에 대해 진지하게 생각해보고 있다는 듯이.

"더 큰 박수를 받는 건 주연급뿐이잖아."

경희의 심드렁한 말투만큼이나 무겁게 느껴지는 권태였다. 막 뮤지컬을 시작했을 때만 해도, 커튼콜의 가장 마지막에 나서 대미를 장식하는 주연배우를 같은 무대에서 바라보고 있다는 사실에 벅찬 심경을 숨길 수 없었다고 말하던 경희였다. 주연배우로 돋아나진 못했지만, 묵묵히 코러스와 앙상블 역할을 해내는 것만으로도 스스로를 자랑스러워하던 경희였기에 그녀의 권태와 실망이 얼마나 차올라왔는지 나는 알 수 있었다. 그저 주연에게 기립박수를 쳐주는 사람 중 하나에 불과한 것 같다며 경희가 자조적으로 말했을 때, 그녀에게는 이제 뮤지컬을 이어나갈 수 있는 어떤 동력도 남아 있지 않은 것처럼 보였다.

"주연을 맡는 사람은 따로 있더라고."

경희의 그 말은 인생에서 자신이 주인공이 될 일은 없을 것 같다고 토로하는 것처럼 느껴졌다. 이제는 뮤지컬계를 떠나야 하는 이유에 대해 하나둘씩 말하던 끝에, 경희는 그 남자, 성주원이라는 사람에 대한 얘기를 꺼냈다. 그는 최근에 막을 내린 뮤지컬에서 경희의 파트너 역할을 했던 남자 배우라고 했다. 자주 그 배우에 대해 경희가 얘기했으므로 나도 모르지 않는 이였다. 가늘고 긴 몸체에 근육이 볼록하게 솟은 팔로 경희와 손을 나란히 맞잡고 호흡을 맞추던 그의 해사한 인상을 나도 강렬하게 기억하고 있었다. 그 남자가 유부남이라는 사실은 그와 함께한 첫번째 뮤지컬 공연 뒤풀이 후 급속도로 가까워진 다음 알게 됐다고 했다. 남자가 유부남이라는 사실을 알고 마음을 돌리기에는 이미 늦은 시점이었다고 경희는 고백했다. 경희는 남자의 아내가, 그 공연의 연출가라는 사실을 남자와 조금 더 깊은 관계로 발전한 후에 알게 되었다고 말했다. 남자의 아내가 극을 구성해가며 배우들을 지도하는 바로 그 앞에서 경희는 매일같이 그 남자와 혼신의 힘을 다해 연습을 하고 있던 것이었다.

"묘해."

경희는 남자와 함께 남자의 아내인 연출가 앞에서 연습을 하던 순간을 그렇게 묘사했다.

"지금, 미쳤어?"

감정을 제어하지 못하고 나도 모르게 경희에게 내지른 말이었다.

"나를 사심 없이 바라보는 그 사람의 아내와, 나를 부서질 정도로 사랑하는 남자 사이의 중심에 내가 있는 거잖아. 그런 셋을 다른 단원들이 바라보고 있고 말이야."

"너와 남자의 관계를 다른 단원들이 알아본 건 아니고?"

걱정스러운 투로 내가 묻자 경희는 조금 뜸을 들인 후에,

"……다 알고 있는 것 같아."

해쓱한 표정으로 담담히 말했다.

"있잖아, 도영아."

그러고 나를 향해 고개를 든 경희의 얼굴에 한순간 화색이라고 해야 할지 모를 작은 생기가 돌더니 절망이라고 하기엔 희끗한 빛이 감도는, 환희라고 표현하기에는 지나치게 어두운 표정으로 내게 말했다.

"내가…… 내가, 이 극의 주인공이야."

*

경희가 뮤지컬을 더이상 하지 않게 된 것이, 한정된 역할에서 벗어나지 못하고 있던 뮤지컬에 대한 권태 때문이었는지 아니면, 그 남자와의 관계에서 비롯된 것이었는지는 정확히

알 수 없는 일이었다. 경희를 버스에서 마주쳤을 때, 나는 먼저 그 이유를 묻고 싶었었다. 사실 나는 경희가 뮤지컬을 떠난 이유보다 그 남자와의 관계를 여전히 유지하고 있는 건 아닌지를 묻고 싶었는지 모르겠다. 내가 그 사실을 더 궁금해하리라는 걸 경희는 알고 있었을까. 그래서 버스에서 사라진 걸까. 나는 오래 경희의 곁에 머물러 있었지만, 생각해보니 그녀의 편에 서 있던 순간들은 많지 않았다. 내가 경희에게 던지고 싶던 질문들은 그래서, 수거되어야 할 것들이었다. 더이상 경희에게 닿지 말아야 할 것들이었다.

퇴근시간 무렵 145번 버스를 탈 때면, 발뒤꿈치를 들고 버스 안쪽을 살펴보는 버릇이 생겼다. 가만히 서서 고개만 돌려가며 사람들 사이 틈으로만 봐서는 경희를 찾아낼 수가 없었다. 사람들 사이를 발 빠르게 파고들어가는 것만큼은 이제 내게 어렵지 않은 일이 됐다. 경희를 다시 만난다면, 아무것도 묻지 않고, 함께 춤을 춰야겠다고 생각했다. 버스 안 보이지 않는 곳에서, 내 편을 들어주는 경희의 목소리가 가끔 환청처럼 들렸다.

수아에게

수아, 나는 네가 그토록 오고 싶어하던 곳에 와 있어. 프랑스에 테제라는 곳이 있다는 걸 알려준 건 너였잖아. 언젠가 이곳에 오게 된다면 너의 마음속에 존재하는 모든 분노나 죄의식을 묻어놓은 다음 다시 시작하고 싶다고 했던 걸 기억하는지 모르겠어. 네게서 그런 얘기를 들을 때마다 나는 너의 감정들로 높이 쌓인 봉분을 떠올리기도 했고. 그래서인지 내가 연상하던 테제의 이미지는 수많은 사람들의 죄의식이 묻힌 무덤들의 대지 같은 것이었어. 지워지지 않는 죄의식들이 고요히 묻혀 있는 곳. 사람들의 돌이키고 싶지 않은 의식들을 묻어놓을 수 있는 곳. 다시 찾지 않는 한 그곳에 영원히 그대로 물리적인 무덤의 형태로 묻혀 있을 곳. 그래서 이곳을 다녀간 이후에는 죄의식을 떨구고 다시 새롭게 살아갈 계기를 만들 수 있

는 곳. 이를테면 테제가 그런 곳일 거라고 생각했어. 그런데 이
곳에 와 있는 게 네가 아니라 나라는 사실이 이상하고 기묘하
게만 느껴져.

고등학교를 졸업한 이후 회사 공채 동기로 다시 만났을 때,
너와 나 사이에 반투명하고 얇은 습자지 한 장만 놓인 것처럼
아무 거리감이 없었다는 게 신기했어. 그동안 연락 한번 없이
그렇게 오래 떨어져 있었는데 말이야. 고등학교에서 우리가
한 반이었을 때, 넌 다른 사람들에게 대하는 것과 다르게 유독
나에게 잘해주는 사람이었지만, 나는 너의 그런 모습이 종종
두려웠다는 고백을 지금에야 털어놓는다. 넌 나를 더이상 쫄
쪼리로 부르지도 않고, 그때의 얘기도 잘 꺼내지 않았으니까.
다시 만난 우리에게 어쩌면 함께 학교를 다녔던 그 시절은 그
리 중요하지 않을 옛일에 불과했는지 모르겠다.

거기에다 예전보다 훨씬 더 차분해진 너는 그 차원을 넘어
뭔가 모르게 위축되어 보이기까지 해서 묘한 연민이 들었어.
게다가 성격까지 간솔하고 유순하게 변한 너를 보며 지난 기
억 같은 건 크게 연연하지 않게 되더라고. 완전히 다른 사람인
양 바뀐 모습의 너를 보며 그래서도 안 되겠다 싶었고. 다시 마
주친 넌, 과거의 네가 아니었으니까. 그리고 무엇보다 그때의
나는 네가 필요했던 것 같아. 여러 번 직장을 옮기면서 겪었던
트라우마로 새 직장에서도 적응하기 어려워하는 내게, 같이
고비를 넘어설 존재가 있다는 것만으로도 큰 위로가 되었으니

까. 회사 근처 오피스텔에서 월세를 분담하며 함께 살 룸메이트를 구하고 있던 내 입장에선, 너 말고는 다른 대안이 없던 것도 사실이고. 무엇보다 다시 만난 그때의 네가 나는 점점 좋아졌거든. 지금 생각해보면 그때의 우리는 좋았던 것 같다. 그런데 그때 수아 네가 그 일만 겪지 않았다면, 지금의 우리는 조금 달라졌을까? 그건 어쩌면 무의미한 자조일까.

이곳에서 나는 뜻하지 않게 로시와 안느라는 이름을 가진 두 명의 친구를 사귀었어. 마콩역 앞에서 테제까지 70유로를 내야 한다는 택시 기사의 말에 탑승하는 걸 망설이고 있을 때, 버스를 타면 2유로면 된다고 옆에서 가르쳐준 게 그들이었지. 밝고 화통한 성격의 로시는 세르비아 태생이고, 희고 창백한 얼굴에 간혹 수줍음을 보이는 안느는 크로아티아 출신이야. 그 둘은 영국에서 대학원 생활을 하던 중에 만났다고 해. 졸업 후 각자의 고국으로 돌아가기 전 마지막으로 함께 떠나기로 한 여행의 종착지가 여기라고 해서 짠한 마음이 들었다, 나는. 너와 이곳에 함께 오면 어땠을까 하는 생각을 뒤이어 했거든.

그들은 내가 가져간 한국 담배를 무척 좋아해서 담배 이름으로 나를 지칭하며 손가락 두 개를 치켜든다. 매일 담배를 뺏기는 것 같아 왠지 억울한 감이 없지 않지만, 낯선 곳에서 그렇게 누군가의 친근함이 된다는 게 싫지만은 않았어. 게다가 나는 조금 외로이 떠돌고 있었고, 온기라는 게 도통 기억나지 않을 정도였거든. 나도 모르게 꽤 오랜 시간 헤매고 있었던 것 같

아. 어스름이 내린 대지를 바라보며 로시와 안느와 함께 담배를 피우는 시간이 점점 좋아졌어. 서성이는 사람들의 모습이 어둠 속에서 검은 종이 인형들처럼 흔들리는 모습을 바라보고 있노라면 어쩐지 외로움이 조금 가시는 느낌이었어.

수아 네가 끊었다던 담배를 다시 피우기 시작했던 것도 아마 그 일 이후였던 것 같다. 자주 침울해진데다 오고가는 감정의 진폭이 크고 변덕스러워 힘들어하던 게 확연히 눈에 띄던 때, 밖에서 돌아오는 너에게서 맡아지던 희미하고 은은한 담배냄새를 나는 모른 척했지. 내가 해줄 수 있던 게 그때는 그 정도에 불과했던 거야.

늦은 저녁 회사 회식을 마치고 집으로 귀가하던 중 지하철역에서 생판 모르는 사람에게 폭행을 당한 그 일이 조금씩 우리 사이에도 점점이 균열을 일으키고 있었다는 사실을 나는 그때는 미처 몰랐어. 상대는 30대 후반 혹은 40대 초반 정도로 보이는 남자였다고 너는 기억했지. 처음 남자가 짙은 술냄새를 풍기며 앞을 가로막고 뜬금없이 길을 물었을 때, 너는 상대하지 않고 옆으로 피해 지나쳤다. 그냥 지나친 줄로만 알았던 남자가 놀랍도록 큰 진폭으로 성큼성큼 따라오며 야, 거기안 서!, 하고 뒤에서 소리치기 시작한 건, 네가 공사로 인해 가림막을 설치한 코너를 막 돌 무렵이었고. 바로 뒤까지 따라붙은 남자의 거친 숨결을 의식해 채 돌아보기도 전에, 피할 겨를도 없이 남자가 너의 얼굴 관자놀이께를 주먹으로 때린 것과 주저앉아버린 건 거의 동시였다고 너는 경찰서에서 진술했지. 거기에서 멈추지 않고 안면을 몇 차례나 손바닥으로 가격한 남자가 다시 너의 복부를 걷어차 쓰러지게 만든 후 태연하게 돌아서는 모습을 너는 분명히 기억했고.

하지만 경찰은 그 당시 현장을 비춘 CCTV를 확인할 수 없다고 해 너를 좌절시킨 걸 나는 기억해. 남자가 폭행을 가한 장소가 공사로 인해 CCTV가 한동안 폐쇄된 곳이라고 했으니까. 가해자가 지하철이나 인근 대중교통을 이용할 때 교통카드 기능이 담긴 신용카드를 전혀 사용하지 않아 특정하는 데 어려움을 겪고 있다는 얘기까지 듣고 나선, 넌 제대로 감정을 가누지 못했지. 애초에 주변 사정을 잘 아는 가해자가 계획적으로 다가가 범행을 저지른 가능성이 크다는 얘기에 네가 느끼고만 먹먹함을 나는 감히 헤아릴 수 없을 정도이기도 했고. 도대체 무슨 이유로 이유 없이 낯선 이에게 다가가 계획적인 폭력을 행사한다는 말인지. 게다가 그 피해자가 왜 수아 네가 되어야 했는지에 대해서 아무도 그 이유를 알 수 없다는 게 답답하기만 했어. 유일하게 역 앞 CCTV를 통해 확인할 수 있었던 건, 몸을 제대로 가누지도 못하면서 역 밖에까지 쫓아나와 남자를 잡아달라는 너의 외침에 누구 하나 움직이는 사람이 없었던 당시 역 주변의 모습과 그런 너를 비웃듯 뒤를 힐끗거리며 짙은 어둠의 한가운데로 사라지는 그 남자뿐이었던 걸 나는 또한 기억해.

경찰 수사가 진척 없이 길어지는 동안 병원을 오가며 폭행으로 인한 몸의 상처는 아물어갔지만, 잦은 불면과 우울을 겪기 시작한 너는 정신과 치료를 받기 시작했지. 그리고 가끔 너는 지하철역을 서성이느라 집에 늦게 오는 일이 많았다. 범인을 알아볼 사람은 너 자신밖에 없다면서 퇴근시간 무렵부터 막차가 끊길 때까지 지하철 주위와 플랫폼을 살피고 돌아왔다는 얘기에 내가 아연실색하던 모습을 기억하니? 내가 그 일로 인해 수아 네가 더이상 아파하지 않기를 얼마나 바랐는지 너는 아마 알지 못할 거야. 너의 방에서 울음 섞인 소리가 자주 새어나왔고, 회사에 가지 못하는 날이 많아진 걸 기억한다. 매 순간 북받쳐 오르는 알 수 없는 분노와 의지에 상관없이 무분별하게 떠오르는 그때의 기억을 너는 떨쳐내기 힘들어했지. 자주 술을 찾았으며 하지 않던 욕설을 습관처럼 내뱉었고. 술잔 사이로 어떻게든 그 남자를 찾아내고 말 거라는 너의 눈매가 날카롭게 세워졌다가 흩어지는 걸 나는 가만히 바라보기도 했었어. 언젠가부터 나의 위로조차도 너에게 도움이 되지 않는 걸 알았고, 어느 순간부터인가는 너에게서 이어진 감정전이로 나마저 몸과 마음이 힘들어지기 시작했던 것 같아. 그즈음 우리가 전과 다르게 종종 다투기 시작한 것도 그 이유 때문이었을지 모르겠다. 지친 우리의 몸과 마음이 상대를 헤아리는 데 많은 에너지를 쏟는 걸 더이상 원하지 않았기 때문이었을까. 그때 힘들었던 너에게 좀더 잘해주지 못했던 걸 지금의 나는 후회한다. 연우 얘기를 꺼낸 건 사려 깊지 못했던 것 같아. 하지만 나의 어떤 위로로도 덜어지지 않는 너의 불운과 고통을 중화시키고 싶었던 마음이 어쩌면 조급하게 그 얘기를 꺼내게 했는지 몰라. 하지만 결과적으로 연우에 대한 얘기가 우리 사이의 금기를 깨트려버렸다는 걸, 너의 성마른 반응을 보며 나는 깨달았어. 우리가 고등학교 시절에 함께 겪었던 일이 너에게서 완전히 잊힌 건 아니었다는 사실을 말이야. 너의 변화는 어쩌면 시간이 만들어낸 가면일지도 모르겠다고 생각했어. 연우 얘기를 꺼냈을 때, 너의 얼굴과 눈빛은 이미 그 시절로 돌아가 있는 것을 보며 알게 된 거야.

그때 넌 내가 왜 연우 얘기를 꺼냈는지 알지 못할 거야. 자세한 얘기는 네가 하지 못하게 했으니까. 내가 너에게 그 얘기를 꺼내기 며칠 전, 나는 우연히 고등학교 동창인 시현을 퇴근길 버스 안에서 만났었어. 그때는 우리가 한참 힘든 시기를 보낼 때였어. 너는 잦은 불면과 우울감, 식욕부진에 시달리다 못해 막 정신과에 다니기 시작한 때였고 그러느라 휴가를 위해 남겨둔 연차까지 거의 다 소진해버린 때였지. 그렇게 해서라도 나는 네가 조금 더 나아지기를 바랐지만, 어찌 된 일인지 너는 점점 기운을 잃어가는 것 같았어. 사소한 일에도 날선 반응을 보이는 너와 자주 부딪쳤고, 너는 내가 널 이해해주지 못한다 여겼고, 나는 너의 기약 없는 고통 속에서 우리가 헤어나기를 바랐어.

시현을 먼저 알아본 건 나였어.

고등학교 때 긴 머리의 모습과 다르게 목선이 보이는 짧은 단발로 바뀐 모습이었지만 나는 그애를 한눈에 알아볼 수 있었어. 그런데 이상한 일이지. 처음에는 내가 시현을 알아본 거라 여겼지만, 나중에 되돌아보니 아무래도 나를 알아본 건 그애가 먼저일 거라는 생각을 떨쳐낼 수 없겠더라고. 다음 정차역에 내리기 위해 자리에서 일어서려던 나를 향해 빤히 닿아 있던 그 시선이, 내가 고개를 올리는 순간 사라졌던 그 기억이 뒤늦게 떠오르면서였어.

—시현아.

이름을 부르고 나는, 바깥으로 뻗쳐 가느다랗게 흔들리는 그애의 머리끝을 바라보며 반응을 기다렸다. 시현이 돌아본 건 내가 한 번 더 이름을 부르고 나서였어. 그애가 나를 향해 돌아보기 전, 어떤 망설임이 깃들어 있었다는 생각이 든 것도 한참이 지나 그 순간을 복기하면서였다. 그때 나를 돌아본 시현의 눈빛 안에 가득하던 차디찬 한기를 나는 잊을 수 없어.

—잘 지냈어?

시현에게 먼저 알은체를 해놓고도 당황스러운 심정이 되고만 건 그 때문이었어. 뭔가를 들키고 말 것 같은 조마조마함.

—너는 잘 지내나봐.

시현은 내게서 시선을 거두며 말했어. 상대방에 대한 서운함을 오래 간직하고 있는 사람처럼 껄끄러운 표정으로. 순간 내게도 꺼림칙하고 서늘한 기운이 일기 시작하더니 온몸으로 느리게 퍼져가는 것 같았어.

—한수아는, 잘 있어?

그래, 별안간 시현이 너의 이름을 짚어 물었을 때, 그애의 냉소적인 말투가 폐부를 찌르는 것처럼 느껴졌어. 그 말은 내가 수아 너와 한통속이 아니었냐며 싸잡아 비난하는 것 같기도 했고, 우리가 한집에 사는 걸 시현이 알기라도 하는 것처럼 느껴질 정도였어. 그때 알았지. 시현과 내가 서로를 기억하는 방식이 완전히 다르다는 걸.

—너희들은 그러고도 잘들 사네.

그때 난 자칫하면 비명을 지를 뻔했어. 어느 순간 나를 진득이 노려보던 시현의 눈빛을 기억한다. 너무나 냉정하고 날카로워 시선에 베이는 것 같은 느낌의 눈빛을 너는 아니? 온몸을 들썩이며 숨을 내쉬는 시현의 시선을 이번에는 내가 외면할 수밖에 없었어. 정차하기 위해 속도를 천천히 줄이는 버스 창밖으로 흐릿하던 풍경과 사람들이 제 모습으로 드러나는 동안, 생각지 못했던 오래전 기억의 조각이 내게서도 차츰 선명해져갔어.

그런데 그때의 우리를 수아 너도, 여전히 기억하니?

은세, 그애를 중심으로 몇 명의 아이들이 또 있었다. 그 아이들은 매번 대상을 찾았었잖아. 처음에는 친한 듯 굴었고, 그러면서 관심을 보이는 척 뭔가를 요구—집에 한번 놀러가자고 하거나 아는 이성을 소개해달라고 하거나 괜찮은 틴트 같은 걸 사다달라는 등의, 별반 의도가 없어 보이는 사적인 제안 같은—한 후 왜 그 간단한 걸 들어주지 않느냐며 시비를 걸기 시작해 시간이 갈수록 집요하게 물고 늘어졌지. 견디다 못해 부담스러워하는 내색을 보이면, 기다렸다는 듯 자신들을 배신한 사람처럼 몰아세우는 게 그 아이들의 패턴이었던 것 아니었니. 누구 한 명을 실컷 괴롭히고 나면 또다른 대상을 물색한 다음 집요하고 지속적인 괴롭힘이 시작됐지. 수아 넌, 처음에는 그 아이들의 무리는 아니었지만, 점점 그 안으로 스며들듯 들어갔지. 성적이 늘 상위권이었지만, 항상 뭔가로부터 압박을 받는 듯 보였고, 다른 아이들을 심심치 않게 조소하면서도 혼자 있을 때면 항상 심각한 표정으로 대비되던 너의 모습을 나는 기억해. 그때의 너는 무언가로부터 압박을 받을수록 저항하듯 다른 방향으로 가려는 것 같았어. 생각해보면 그쪽 방향에 은세가 있던 게 아니었을까, 나는 짐작해.

중학교 시절부터 친구였던 너와 확연히 멀어진 것도 그때쯤이었다. 너도 알고 있겠지만 은세의 다음 타깃은 나였었다.

'한번 같이 놀기로 했잖아.'

그게 시작이었지.

'그래 다음에 한번 언제?'

'꼭이다.'

메신저에서 거절하지 못하고 대충 얼버무린 말을 은세가 약속으로 받아낸 어느 날이었고, 그 후부터는 내가 약속을 지키지 않고 피하는 사람이 되었어. 내가 그애들의 단체방에 초대되었을 때는 이미 늦은 뒤였고.

'저녁에 어디서 만날까?'

'어?'

'장소는 니가 정하기로 했잖아.'

'어? 오늘은 아니었는데.'

'너 왜 항상 말을 바꿔. 그럼 언젠데.'

'다음에……'

'다음 언제!'

은세가 뜬금없이 우기는데도 나는 아니라고 말하지 못하고 정말 약속을 저버린 사람처럼 더 초조하게 굴었던 것 같아. 보이지 않는 몇 쌍의 눈길이 내내 은세와 나의 대화를 지켜보고 있다는 것도 소름이 돋는 일이었지. 그리고 그 눈길 중 하나가 너였다는 것도 기억나.

'언제 주말에 한번……'

'그래, 그럼. 다음주 토요일에 한번 재미있게 놀자.'

은세는 그런 애였어. 회피하면 할수록 야금야금 전진해 들어오는 아이. 얼버무리는 말을 기다린 듯 낚아채 자기식으로 만들어버리는 아이. 겁먹은 아이들을 많이 다뤄본 만큼 노련

하고 집요했지. 나는 다음주 토요일에 일이 있다는 건 그 순간 말하지 못했어. 그 주를 넘기고 나서야 나는 망설이다 은세에게 메신저로 메시지를 보냈지.

'미안한데…… 다음주 토요일은 안 될 것 같아.'

하지만 은세는 메시지를 보고도 답장을 보내지 않다가 단체 채팅방에 다시 나를 초대해 보란듯이 말했어.

'얘 좀 봐라?'

그 애의 말이 조각조각 분쇄되어 심장 안으로 기어들어오는 느낌이라고 할까.

'남현진. 장난쳐?'

그때까지 대화를 보고만 있던 아이들이 끼어들기 시작했어.

'우리가 동네 개냥이보다 못한 거냐?'

'그냥 무성의하게 말하고 나면 끝이야? 완전 싸가지네.'

'이거 완전 우리한테 똥 싸지른 거 아냐?'

나를 두고 그 아이들이 하는 대화를 보고만 있는데도 가슴이 두근거리고 정신이 혼미해지더라. 그런데 나를 더 두렵게 만든 건 지금보다 더 깊은 수렁에 빠지고 말 거라는, 그래서 이 괴롭힘의 끝까지 쫓기며 내몰리고 말 거라는 막연한 예감이었어.

그때 수아 네가 나타난 거다.

'그럼 일요일에 나와.'

나를 두고 시끌벅적하던 대화창이 잠잠해지던 게 기억난다.

그리고 넌 말했어.

'용서받으려면.'

그래, 수아. 넌 분명히 그렇게 말했다. 용서라고.

나는 그 일요일에 은세와 아이들을, 너를 만나러 나가지 않을 도리가 없었어. 너희들을 만난 후 끌려가듯 따라 들어간 곳은 사무실과 문구점, 학원과 병원이 한데 밀집된 건물이었다. 너희들은 누군가를 기다리듯 1층 복도에서 서성였지. 그때 낯익은 누군가 건물 안쪽으로 들어오고 있었지.

그래, 연우였다.

아이들이 연우를 앞뒤에서 감싸며 비상구 계단으로 먼저 오르는 동안, 뒤를 따라오는 내게 네가 했던 말이 있다.

―쫄지 마, 쪼리…… 쫄쪼리…… 재밌는데?

중학교 때 죠리퐁을 심하게도 좋아하는 나를 친구들은 쪼리라고 불렀지만, 넌 나를 그렇게 부른 적은 없었어. 그런데 그날 이후 너는 언제나 내게, 쫄쪼리라고 불렀지. 너만의 작고 겁많은 반려동물을 부르듯이.

건물 3층 정도 올라갔을 무렵이었나. 아이들 중 한 명이 층간 사이 계단참 구석으로 연우를 밀어넣었다. 연우가 새된 소리를 내며 몸을 웅크렸다. 은세가 연우에게 왜 약속을 지키지 않느냐고 물었다. 나를 몰아세우던 것처럼 똑같이.

―무슨 약속?

―할 수 있다며, 보여준다며?

고압적인 표정의 은세가 양팔을 겹지른 채 서서 연우에게 채근했지.

—나한테 왜 자꾸 그러는데?

왜? 하고 반문하며 은세가 손가락 끝으로 연우의 어깻죽지 부근을 힘주어 밀었어. 그때 계단 위에 서 있던 다른 아이가 내려오더니, 싸가지, 하며 연우의 뒤통수를 때리는 걸 놀란 가슴으로 나는 지켜봤고, 그 순간 진득하게 배어나온 땀이 흘러내리며 등허리를 적셨다.

—영상 찍어 SNS 올릴 때는 언제고. 근데 너 선형이랑 친하냐?

은세의 물음에 고개를 푹 숙인 연우가 고개를 저었다.

—선형이가 네 유튜브 채널 매일 찾아본다더라. 걔 나랑 썸인 거 몰라?

은세의 지속적인 추궁 사이로 연우가 훌쩍이는 소리가 들렸어.

—해봐.

—…….

—해보라니까!

—……뭘?

—뭐긴! 우리한테 춤 보여준다고 했잖아.

—그건, 그냥 한 말이지…….

연우가 울음 섞인 콧소리로 말하자 그냥? 은세는 울끈하며 눈을 부라렸지.

—나한테도 그렇게 얘기했으면서 왜.

후미진 곳에 서 있던 수아 네가 모습을 드러낸 게 그때였다. 아, 존나 열받아. 은세가 허공을 향해 눈을 치켜뜨며 연우에게서 시선을 떼었지. 그러면서 진정할 것이 필요하다는 듯 담배를 꺼내 불을 붙였다.

—자꾸 그렇게 모른 척하는 거. 한꺼번에 우리 다 속이는 거나 마찬가지야 그럼.

차분하지만 날이 선 너의 말투는 지켜보는 나마저도 송연하게 했어.

—그런 거 아니야.

억울함이 깃든, 애원하듯 말하는 연우에게 다가간 은세가 그애의 어깨솔기 부근을 세차게 부여잡았다. 니가 미쳤구나, 하며 은세가 손아귀에 힘을 주는 바람에 연우의 옷이 심하게 구겨졌지. 은세의 입에 든 담배를 손으로 낚아챈 건 수아 너였어. 너는 연우의 팔 위로 마치 한 획의 붓질을 하듯 위에서 아래로 담배가 든 손을 그었어.

—악.

연우가 내지른 비명소리, 너도 들었었는지 궁금해. 들었다면, 어떻게 그렇게 차분했을 수 있었을까. 한 걸음 물러선 연우가 벌겋게 달아오른 자신의 팔등 살갗을 손으로 감싸며 두려운 눈초리로 떨었던 걸 그때의 너도 보았겠지.

—어, 미안. 데었어? 살짝 닿아서 흉은 안 남을 거야.

건성으로 연우의 팔을 쳐다보던 네가 입을 앙다문 채 연우 앞으로 얼굴을 가까이 가져가던 게 기억나.

—상처 주고 미안하다고 하면, 너는 기분 좋아?

멈춰 선 버스 뒷문이 열리자마자 시현이 뛰쳐나가듯 내리 더니, 뛰듯이 빠른 걸음으로 앞을 향해 나아가더라. 한 번도 뒤 돌아보지 않고 멀어지는 시현의 뒷모습을 멍한 시선으로 쫓던 나는 끝내 버스에서 내리지 못했어. 문을 닫고 출발한 버스가 시현을 지나쳐갈 때의 모습을 나는 잊지 못해. 사납게 일그러 진 표정과 뾰족한 눈빛으로 버스 안의 나를 올려다보던 증오 에 가득찬 그애의 얼굴을.

연우 얘기를 꺼낸 건, 네가 폭행 가해자를 찾아 지하철역에 가보자고 한 날이었어. 이미 몇 차례나 너와 함께 주의 깊게 살 펴본 그곳. 신중하게 엘리베이터를 타고 올라 가림막을 해놓 은 공간을 탐색하고 야외로 뚫린 플랫폼의 끝까지 걸어가며 낯선 사람을 탐문하는 게 우리의 순서였지. 그곳에서 그날따 라 너는 더딘 경찰의 수사가 갑갑하다며 짜증을 부렸고, 그러 는 사이에도 우리의 눈길은 그 어둠 어딘가에서 다음 피해자 를 찾고 있을 가해자를 마스크와 모자로 얼굴을 숨기고 더듬 더듬 찾고 있었다. 그곳을 지나쳐가는 수십 대의 지하철과 역 사 밖으로 보이는 평온한 밤의 풍경 속으로 우리에게서 사라

진 안정과 안전이 도망쳐버린 건 아닐까 생각하니 무척 공허
해졌어. 그때 밤바람을 등에 이고 상처와 분노의 기억으로 헤
매지 않아도 되는, 누워 티브이 채널을 돌려가면서 연예인이
나 프로그램을 품평하며 과자를 주워먹는 일상을 그리워하다
퍼뜩 떠오른 그 일을 꺼내버리고 만 거야.

　—수아야, 혹시 너 연우 기억하니?

　—…….

　넌 말이 없었지.

　—아냐, 수아야.

　—현진아.

　뜻밖의 기척에 지금 막 깨어난 사람처럼 멍하던 너의 눈길
이 점차 원망스러운 눈초리로 바뀌는 걸 나는 물끄러미 바라
보았어.

　—지금 일부러 그러는 거야?

　적의에 가까운 너의 반응에 사실 난 그만 움츠러들고 말았
다.

　—미안해. 기분 상하게 하려는 건 아니었고…….

　괜한 얘기를 꺼냈다며 자책하던 찰나였어.

　'한수아는 잘 있어?'

　시현의 그 목소리가 귓가를 맴도는 거야. 그러자 블러 처리
된 화면처럼 흐릿하게 지워져 있던 기억이 내게 얼굴을 들이
밀기 시작했어.

그때 그 건물 층계참에서 너를 바라보던 연우의 눈가에 눈물이 한 움큼 고이더니 이내 얼굴이 일그러지던 모습이 서서히 나타나는 거야. 그러게 왜 그랬어, 하는 누군가의 비아냥대는 소리와 입안이 텁텁하다는 듯 은세가 바닥에 침을 뱉는 소리와 누군가 춤을 추며 신발을 바닥에 끄는 소리와 조심해라, 위협하는 말 속에 연우는 한동안 둘러싸인 채 울었던 게 갑자기 선명하게 기억이 났거든. 그때 아이들 사이 틈을 뚫고 어떤 시선 하나가 정확히 나를 향해 고요히 새어나오고 있었어.

너도…….

뭔가를 말하는 듯한 연우의 눈빛.

나는 옆으로 몸을 비켜섰다. 다른 아이들의 몸에 가려서 연우의 눈빛을 더는 받지 않기 위해. 그때 안간힘을 쓰며 피하려 했던 연우의 눈빛이, 한수아는 잘 있느냐는 시현의 물음과 함께 하필이면 지금의 너와 나 사이에 도착한 거였어.

—우리도 연우, 이유 없이 괴롭힌 적 있잖아.

그때 너의 표정을 미리 읽었어야 했다. 너의 얼굴이 어떻게 비틀리는지 알았어야 했다.

—너가 일면식도 없는 사람에게서 폭행을 당한 게 그때 일의 죗값이라 생각하고 털어내면 안 될까? 그럼 너무 힘들기만 한 지금의 고통이 조금 덜어지지는 않을까?

나는 넋두리처럼 중얼거렸지. 어쩌면 나도 벗어나고 싶었는지 모르겠어. 시현을 만난 이후, 연우를 떠올린 이후 떨쳐낼 수 없었던 알 수 없는 죄책감 속에서.

시간이 얼마 지나 나를 향해 고개를 돌린 너를 봤다. 온갖 증오로 가득찬 눈빛으로 나를 쏘아보던 너의 얼굴.

—미친년.

그래 그건 너의 목소리였지. 연우를 세차게 몰아세울 때의 그 목소리. 쫄쪼리라며 빈정거리면서 나를 부르던 너의 목소리. 어쩌면 내가 너희들의 표적이 되어 들었을 목소리. 지하철이 플랫폼 안으로 진입하고 있다는 안내방송 소리와 함께 벨 듯 날카로운 눈빛으로 나를 쏘아보던 것도 잠시, 등을 돌려 크게 걸음을 내딛기 시작했어. 간격을 두고 늘어선 조명 밑으로 빠른 걸음으로 멀어지는 너의 모습을 보며 나는 궁금했어. 나도 너처럼 지난 시절의 기억을 모른 척 지나친 것이 아닌가 하고 말이야. 그때 아이들 사이 비좁은 틈으로 바라보던 연우의 그 눈빛은 바깥에 선 나를 잊지 않겠다는 표식 같았어. 내가 사라져도 언제든 나를 쫓아와 말해주겠다는 의지가 담긴.

'너도 가해자야.'

그래, 연우의 눈빛은 내게 그렇게 말하고 있었어. 시현을 만나고 나서 나는 그 진실을 마주해야만 했지. 나 역시 방관자이면서도 가해자였다는 사실을. 너와 내가 그때의 기억이 설사 우리에게 존재하지 않는다 여기더라도, 그 기억에서 마음껏 자유로울 수 없음을 말이야. 연우가 세상을 떠나고 나서, 우리는 애써 그애에 대한 기억을 잊으려 했던 것은 아닐까. 그래서 다시 너를 만났을 때, 나 역시 어쩌면 그 기억은 실재하지 않았던 것이라 믿으려 했는지도 모르고. 그때의 연우는 이제 세상에 없지만, 우리가 가해자였다는 사실을 기억하는 사람들의 눈길이 시간이 지나도 변함없이 곳곳에서 우리를 노려보고 있다는 사실이 나를 소름 끼치게 해.

그렇게 멀리 점점이 작아져 사라진 넌 다시 돌아오지도, 집에 있는 짐을 챙겨 가져가지도 않았다. 넌 세상에 존재하지 않았던 사람처럼 사라졌어. 회사에 더는 출근하지 않았고 익숙한 공간과 길 어디에서도 너를 볼 수 없었지. 나는 가끔 네가 일방적으로 폭력을 당한 지하철역으로 찾아가곤 했어. 여전히 그곳의 구석구석을 탐색하며 가해자를 찾고 있을 너를 떠올리며. 혹시 네가 나를 원망하고 있는 것은 아닐까 궁금해하면서.

이곳 테제에서 숲을 거닐고 묵상을 하면서 나는 설핏 만져지는 지난 시간의 감정을 더듬어보곤 해. 그러다 로시와 안느를 만나 그때마다 서로 다른 억양의 영어로 이야기를 풀어놓기도 하고. 그들은 나뿐만 아니라 이곳의 다양한 사람들과 얘기를 나누지만 내가 대화를 나누는 건 로시와 안느뿐이야. 애초에 여행을 떠나온 목적이 사람을 만나는 게 아니라 그저 나 자신을 혼자 놓아둔 채 내 안에서 반복적으로 떠오르는 물음과 이미지들을 떨쳐버리고 싶었으니까. 그런 속마음을 넌지시 로시와 안느에게 꺼냈는데 둘은 정말 놀라더라고. 자기들도 마찬가지라면서. 서로의 마음에 알게 모르게 솟는 불안과 두려움을 이곳에 놓아두고 가기로 했다면서.

안느는 태어나자마자 가족들이 그녀를 안고 크로아티아를 떠나야만 했다고 해. 유고연방으로부터 크로아티아가 독립을 선언한 후 세르비아 민병대가 마을을 불태우고 사람들을 학살한 일이 벌어진 때문에. 그러고 나서 그녀가 여덟 살이 되어서야 가족은 크로아티아로 돌아갈 수 있었대. 그런데 나는 그때까지도 크로아티아가 독립을 위해 전쟁을 치른 나라가 세르비아라는 걸 알지 못했어. 로시가 자신이 크로아티아에서 거주했던 세르비아인이라고 되짚어 얘기하기 전까지는. 그녀의 가족 역시 크로아티아의 독립 후, 세르비아인이란 이유로 추방되었다는 얘기를 들으면서 그들이 여기에 놓아두고 가고 싶다는 불안의 감정을 언뜻 이해할 수도 있을 것만 같았어. 그건 그들 서로의 무의식에 남은 증오와 두려움의 표식이기도 하다는 걸. 그렇게 가까운 사이에도 그런 의식이 존재할 수 있다는 것에, 그리고 그들의 솔직함에 나는 놀랐어.

—그건 그 사람 뒤편에 그림자처럼 아른거리는 잔상 같은 거야. 영원히 지워지지 않을 것 같은 그 사람의 무늬 같은 거. 당사자가 겪지 않은 시간까지 드리운 무늬.

안느가 그렇게 말하고 나자 그녀의 뒤쪽으로 연한 어둠이 찾아들었어. 그녀의 긴 손가락에서 담뱃불이 점등하듯 붉게 반짝이는가 싶더니 짙어진 어둠이 그녀의 얼굴을 감쌌어. 검

푸른 대기 밑으로 층층이 농도를 달리하며 깔린 어둠의 밑바닥으로 무엇이든 쏠려들어갈 것만 같은 순간, 검은 형상으로 보이는 사람들의 모습 한가운데 네가 있는 것 같은 착각 때문에 나는 몹시도 놀라고 말았어. 하지만 곧 네가 아니라는 걸 확인하고서는 겨우 마음을 놓았지. 반투명하고 얇은 얼음 같은 편편한 구름이 달을 가리며 지나가고, 사위는 더 어두워졌고. 그때 로시가 천천히 입을 떼었어.

─그래 안느 말이 맞아, 현진, 누가 누군가에게 가한 위해는 말이야. 몇 세대가 지나도 지워지지 않거든.

안느와 로시가 담담히 이어 하는 말을 나는 가만히 듣고 있었어. 둘 사이에 존재하는 이질적인 모순과 고통을 그들은 굳이 숨기려 하거나 금기시하지 않으려 하는 것 같았어. 오히려 그 사실을 모른 척하거나 언급하지 않으려 할수록 진실은 더 완고하고 비뚤어진 형태로 그들 사이에 남는다 여긴 것 같더라. 구름이 걷히고 다시 창백한 달빛에 둘의 얼굴이 파르스름하게 드러났어. 안느의 파란 눈 속에는 이제 막 잘려나간 과일의 단면처럼 싱싱한 과즙을 베어 물고 있는 것 같은 알갱이들이 수없이 가득차 있는 것 같았어.

"내일은 성모승천대축일이야, 진. 우리는 내일 떠나."

안느가 다가와 손을 뻗었어. 손을 내밀어 잡은 안느의 손은 차가웠다. 길고 가느다란 손 안의 뼈가 움직이는 게 느껴졌어. 내게 테제로 가는 길을 알려주며 흔들던 바로 그 손이었어. 어떤 손은 길 그 자체이면서 또 내면이기도 해. 나는 안느가 내민 차가운 손에서 통증을 느꼈어. 그들이 떠나고 난 다음 나는 그 자리에 우두커니 앉아 있었다. 나는 네게 묻고 싶은 게 생겼어. 혹시 네가 이곳에 묻고 싶었다는 게, 고등학교 시절의 우리였는지 궁금해. 우리가 같은 직장을 다니며 함께 살 때조차 금기처럼 단 한 마디도 꺼내놓지 않았던 그 시절 우리의 기억이었는지.

안느, 로시와 나눠 피우던 담배 케이스를 열어보니 한 개비의 담배만이 남아 있었다. 나는 망설이다가 담배를 꺼내들었어. 라이터를 꺼내 불을 붙이며 나는 앞으로 더는 담배를 피우지 않아도 될 것 같다는 생각을 했어. 불을 붙인 담배 끝이 꽃처럼 환하게 피어난다. 돌아보면 징검돌을 뛰어넘듯 달려온 시간 같아. 원치 않는 기억의 돌은 애써 배제하고 뛰어넘으며. 그렇게 넘어온 기억의 돌들이 어둑한 대지 위에 겹겹이 쌓아올려져 있는 게 환영처럼 보여. 고통 어린 타인의 시선이 내게 닿지 않도록, 질문하는 것을 피하기 위해 나를 숨기며 살아온 것 같은 느낌도 들어. 그 마음을 나는 묻으러 온 게 아니었을까. 그런데 알 것 같아. 물을 수 있는 건 아무것도 없다는 걸.

나는 손을 들어 손가락 사이에 담배를 바로 세웠어. 하늘 방향으로 세운 담배 끝에서 재가 바람에 흩어지며 점점 작아져 간다. 담배에서 피어난 연기가 흡수되듯이 어둠의 공기 속으로 흘러가 사라져. 그 모습을 지켜보며 나는 연기의 흐름과 작용에 대해 생각해봤어. 결국 어떤 기억이든 그 자리에 멈춰 선 채 머무르는 법은 없더라고. 완전히 없어지지 않고 어딘가로 흐르는 방식으로 작용한다고, 그런 생각이 들었어. 불규칙한 톱니 모양으로 바지직 타들어가는 담배 끝을 바라보다 그런 생각이 들었어. 사라지는 모든 것들은 형이상학적이라고. 정말 그렇지 않니? 하지만 남은 것들은 모두 구체적인 형상을 띠더라. 시간이 얼마나 흐르든.

나는 담배를 든 손을 조금 높이 올렸고, 이내 손의 방향을 거꾸로 바꾼 다음 망설임 없이 팔 위의 살갗에 꽂아놓았어. 망각으로 희생된 어떤 넋들을 위로하듯이. 그리고 너의 안부를 입속말로 묻는다.

수아 넌, 잘 지내고 있는지.

감각과 지각

그에게서 멀어지려 할수록 잔상은 크고 깊이 남았다.

소년의 이름은 종래, 열여덟 살. 비슷한 또래보다 키와 몸집이 컸다. 어깨까지 내려오는 긴 앞머리칼이 얼굴의 반을 가렸다. 앞머리 사이로 간혹 드러나는 눈매는 외면하고 싶을 정도로 매섭고 사납게 느껴졌고, 시종 무거운 표정 때문인지 몰라도 다른 재소자들에 비해 훨씬 더 어두운 인상이었다.

종래를 처음 본 건 구치소에서 청소년 재소자들을 대상으로 한 교화 프로그램을 기획하고 실행하는 자원봉사를 하면서였다. 자원봉사자들은 대부분 심리상담사와 사회복지사들로 이뤄져 있었고 프로그램은 단체활동과 개인상담 위주의 개별 프로그램으로 나누어 진행됐다. 정기적으로 이뤄지는 단체활동 프로그램에 보통은 대략 50여 명의 재소자들이 참여했는데 적게는 10대 중반에서 많게는 20대 초반의 청소년들로 구성되어 있었다. 그들 모두 각자의 크고 작은 죄를 안고 구치소 안에 머물고 있었다. 사건이 계류중인 상태로 수사를 받고 있는 이들과 형집행을 기다리고 있는 사람들이 뒤섞인 공간이었다. 그들이 신은 신발이 제각각이어서 진웅 선배에게 물어보니 운동화는 외부에서 영치금을 받아 살 수 있다고 했다. 종래는 고무신을 신고 있었다.

종래에게 유독 먼저 관심이 가기 시작했던 것은 청소년 재소자들이 함께 참여하는 단체 프로그램에서였다. 그의 신체적 조건이 다른 이들보다 월등해 쉽게 눈에 띈 이유도 있었지만, 무엇보다 그를 유독 의식하는 다른 재소자들의 행동 때문이었다. 한정된 공간 안에서 그에게 쏠린 무게중심이 여실히 느껴질 정도였다. 그들은 하나같이 종래를 어려워하거나 피해다녔다. 종래는 그들 중에서 격이 다른 어른처럼 보였다.

"걔가 제일 세서 그래."

꽤 오랫동안 구치소에서 자원봉사를 해와 사정을 잘 아는 진웅 선배는 종래를 가리켜 그렇게 얘기했다.

"세요?"

"이력이 그래. 열두 살에 처음 죄를 저지르고 소년원에 다녀왔다가 다시 구치소에 온 경우니까."

"그럼 이번에는 무슨 죄목으로……?"

"음, 사람을 말이야……."

"죽였나요?"

"응."

설마 하고 물었던 말에 단조로이 대답하는 선배를 보며 나는 더는 뭐라 할 수 없었다. 그런 죄를 저지른 사람을 여태껏 만나본 적이 없기도 했고, 종래에게서 유독 어둡고 서늘한 기운을 느낀 이유를 그제야 알 수 있을 것 같기도 해서였다. 그때 나는 처음으로 선배에게 이끌려 구치소에서 자원봉사를 하게 된 것에 대해 희미한 기억으론 후회를 했던 것도 같다.

그때 이후로 내게는 종래가 이전과는 조금 달리 보였고, 그를 바라보려고 할 때마다 어떤 용기 같은 게 필요하다고 느꼈다. 그가 나와 무관하게 다른 곳을 응시하고 있을 때는 나도 모르게 그의 모습과 걸음걸이를 눈으로 좇았고, 그가 자원봉사자들과 내가 같이 선 앞쪽을 바라보는 시선이 느껴질 때는 의식적으로 고개를 떨구거나 외면했다. 종래는 다른 청소년 재소자들처럼 개인상담 시간에 참여하는 것은 거부했기 때문에 그를 유일하게 마주칠 수 있는 것은 단체 프로그램 때뿐이었다.

그날 단체 프로그램도 여느 때와 같이 진행되었다. 강당에다 두 개의 열로 나누어서 배열한 긴 의자에 재소자들이 들어오는 순서대로 앞자리부터 차례대로 채웠다. 빠르게 착석하는 다른 아이들과 다르게 종래는 천천히 걸어들어와 맨 뒷자리로 향했다. 앞서 들어온 몇 명의 무리가 자리에 앉지 않고 의자 옆에서 대기하고 있다가, 종래가 가장 안쪽으로 들어가 앉고 나서야 자리에 차례대로 앉았다. 종래를 중심으로 아이들이 서열을 따지는 게 몸에 밴 듯 보였다. 강당 앞에서 보면 재소자들이 앉아 있는 그 공간에는 에너지의 파동이 물결처럼 오고갔고, 그 에너지의 중심은 맨 뒤쪽, 종래였다. 앞쪽 자리에 앉은 재소자들은 잔물결이 이는 것 같은 크기의 작은 목소리로 소곤거렸고, 뒤쪽, 종래 근처의 재소자들은 아랑곳하지 않고 큰 목소리로 외치듯 말을 했다. 주위에 있는 교정 직원들과 자원봉사자들에게도 부러 힘의 세기를 전하고 싶은 듯이.

구치소에 구류되어 있다고 하더라도 한창의 때를 지나고 있는 것을 감출 수 없는 재소자들이었다. 게다가 외부 인사들과 함께 진행하는 이 단체 프로그램 시간이야말로 통제의 정도가 가장 느슨하다는 것을 그들은 잘 알고 있었다. 서로 장난을 치며 떠드느라 여념이 없기도 했고, 누군가의 실없는 소리에 여기저기서 야유와 비웃음이 터져나오기도 했다. 구치소가 아니라면, 입고 있는 수용복이 아니라면, 간혹 표정을 스쳐가는 알 수 없는 불안의 무게와 어떤 표징이 아니라면, 그들은 그저 한때의 오후를 지나는 소년들과 다름없었다.

종래는 시종일관 창밖을 내다보고 있었다. 빛이 한 뼘쯤 그의 얼굴을 덮고 있었다. 조를 나누어 재소자들끼리 함께 무엇인가를 협력해 만들기를 할 때도, 모두 일어나서 같이 진행하는 게임을 할 때도, 종래는 그 한 뼘의 빛을 벗어나려고 하지 않았다. 마치 기 싸움을 벌이기라도 하는 것처럼 부리부리한 눈매를 거두지 않는 그의 얼굴이 빛에 하얗게 얼비쳤다.

단체 프로그램은 주로 레크리에이션과 집단상담, 연주회 정도로 구성되었는데, 재소자들의 관심과 참여를 적극적으로 끌어내는 데는 어느 정도 한계가 있었다. 구치소라는 특수한 장소가 한몫하기도 했지만, 서로 다른 상황과 마음을 한데 묶기가 어려울뿐더러, 자원봉사자들과 재소자들 사이에 알게 모르게 존재하는 심리적 격차를 극복하는 것 역시 쉬운 일은 아니었다. 그들 사이 보이지 않는 무의식이 만들어낸 경계를 누구도 가볍게 떨쳐낼 수는 없는 탓이었다. 프로그램을 진행하는 동안 서로의 에너지가 끼워 맞춰지지 않은 채 헛도는 것 같은 느낌을 받곤 했던 건 그런 이유 때문이었다. 솔직히 말하면 나는 그런 공회전과 같은 무력감에 점점 지쳐가고 있었다. 그러다 문득 그 현실이 유리병에 갇혀 빠져나가지 못하는 곤충의 모습처럼 갑갑하게 느껴졌다.

재소자들도 나와 같이 보이지 않는 선을 의식하지 않을까 궁금했고, 그들이 그 시간에 아무것도 신경쓰지 않고 모르는 척 웃고 떠들고 있다고 해서 남모를 그들의 두려움과 무기력과 심연에 이는 고통과 자학의 욕구가 상쇄되거나 없어지는 것은 아닐 것이라는 생각이 자주 찾아들었다. 그런 생각은 그들 앞에 설 때마다 나를 움츠러들게 했고, 그건 마음을 괴롭히는 일이었다.

종래가 한동안 쳐다보고 있던 빛이 눈부셨는지 주름의 굴곡을 좁히며 고개를 돌렸는데, 그때 나는 그와 처음 눈이 마주쳤다. 그 주름들 사이사이로 여러 개의 환한 빛이 깨진 거울 조각처럼 박혀 있었다. 나는 한 박자 느리게 땅으로 시선을 돌렸다. 그의 시선을 받아내지 못하고 떨구었다는 게 왜 자책감처럼 다가오는지 나는 알 수 없었다.

발밑으로 시계에 반사된 빛의 멍울이 어지럽게 오가고 있었다.

"애들이다."

창밖으로 시선을 던지고 있던 진웅 선배가 나지막이 말했다. 선배와 나는 프로그램을 마치고 교정위원회 사무실에서 준비했던 도구와 짐을 챙기는 중이었다. 익숙한 모습의 청소년 재소자들 몇이 두 줄로 열을 이뤄 이쪽 건물로 이동해오고 있었다.

"요즘 너 말이야."

창밖을 그대로 바라보면서 선배가 말했다.

"네, 형."

현수막을 가방에 집어넣느라 굽히고 있던 허리를 펴며 내가 대꾸했다.

"애들을 좀 어렵게 대하는 것 같아."

"제가요?"

"아니, 조금 쉽게 대해도 되는데."

선배가 창 쪽을 향해 있던 몸을 내게로 돌리며 말했다.

"너무 좀…… 경직되어 보인다고 할까."

선배가 몸을 비켜서자 반쯤 가려져 있던 재소자들의 모습이 한눈에 들어왔다. 해를 등지고 걸어오고 있었기 때문에 검은 윤곽의 얼굴을 자세히 알아볼 수는 없었지만, 그 맨 뒤편에는 종래가 서 있는 것 같았다. 남들보다 목이 하나는 더 있는 큰 키와 긴 머리의 모습을 나는 어렵지 않게 짐작할 수 있었다.

"혹시 너, 애들이 네 마음을 알아챌까봐 두렵니?"

"아뇨, 그런 건 없……."

"애들을 두려워하거나 연민하지 마. 또 혹시 그렇다고 하더라도 애들이 그런 생각을 읽어낼 것 같다는 생각도 되도록 하지 말고."

재소자들이 건물 앞에 거의 다가와 멈춰 섰다. 종래는 건물의 입구 쪽에 서 있었고, 입구 바로 옆으로 나 있는 사무실 창문을 통해 나는 그를 평소보다 가까이 바라볼 수 있었다. 시든 빛이 은은하게 그의 옆얼굴을 덮었는데 종래는 그것도 성가신 듯 고개를 돌리며 인상을 썼다. 반대편으로 돌아간 얼굴이 이쪽으로 향하더니 이내 그의 시선이 무엇인가를 발견한 듯 창문 너머로 향했다. 그의 시선이 나를 향한 것인지는 알 수 없으나, 나는 왠지 모르게 무엇인가에 사로잡힌 심경이 되어 그 자리에서 움직일 수 없었다. 이쪽을 향해 진득이 머물러 있던 종래의 시선이 그를 부르는 누군가의 목소리와 함께 나비처럼 표표히 사라지고 나서야 나는 잔뜩 머금고 있던 숨을 뱉어냈다.

"신 앞에서는, 우리 모두 다 죄인인 거야."

선배의 음성만이 빛이 쏠려간 자리에 남겨졌다.

*

소년원에 다녀오고 나서부터 종래는 동네에 있는 교회를 다녔다. 소년원에 있을 때 줄곧 종교생활을 하기도 했고, 그곳을 나와서도 딱히 마음 붙일 곳이 없었기 때문이었다. 누군가 종래에게 교회에 나가보라고 권유를 하거나 데리고 간 것도 아니었다. 그 무렵 종래에게 말을 거는 사람은 할머니밖에 없었다. 어느 일요일 아침 종래는 소년원에 가기 훨씬 오래전부터 동네를 오가면서 한 번쯤 가보고 싶었던 붉은 벽돌의 그 작은 교회에 무심코 발을 내디딘 것뿐이었다.

별달리 할일이 없던 종래에게는 교회에 간다는 것만으로도 일상의 무료함을 조금이나마 달랠 수 있다는 게 꽤 괜찮게 느껴졌다. 사람들이 시시때때로 말을 걸어주었으며 때로는 자신이 어딘가에 속해 있는 사람처럼 여겨지기도 했다. 교회에 갈 때 가끔 할머니가 돈 천 원을 손에 쥐어주며 헌금으로 사용하라고 하면 들뜬 기분이 되곤 했다. 남들처럼 헌금함에 떳떳하게 돈을 넣을 수 있어서였다. 하지만 종래에게는 몇 개의 동전조차 가져갈 수 없는 날이 많았다. 그런 날이면 헌금을 봉헌하기 위해 사람들이 자리에서 일어서 복도 쪽으로 걸어나가는 동안에도 종래는 자리에 그대로 앉아 있어야만 했다. 같은 열에 앉아 있던 사람들이 헌금을 내고 자리로 돌아와 지나쳐갈 때마다, 종래는 등을 굽히고 무릎을 바짝 당겼다. 그러면서 종래는 고개를 들 수가 없었다. 자신의 바지 주머니에도, 그리고 양손에도, 남들처럼 봉헌할 수 있는 게 아무것도 없었다. 그건 종래를 슬프게 하는 일이었다.

그래도 종래는 꿋꿋이 교회에 나갔다. 언제부터인가 달라진 게 있다면 헌금 봉헌 때 제자리에 앉아만 있지 않았다는 점이다. 남들처럼 자리에서 일어나 함께 따라나갔다. 돈을 쥐고 있는 것처럼 손 안쪽의 공간을 비운 다음 가볍게 손바닥을 오므리고 걸었다. 자기 차례가 된 종래는 헌금함 깊숙이 손을 집어넣었다. 지폐를 넣을 때는 헌금함 위로 가볍게 손을 뻗으면 됐지만, 동전을 그 안에 집어넣기 시작하면서 생긴 습관이었다. 몇 개의 동전들이 쨍그랑 맞부딪치는 소리를 들은 이후 종래는 팔을 뻗어 밑바닥에 닿을 듯 살짝 돈을 내려놓기 시작했다. 그렇게 하면 동전 부딪치는 소리도 나지 않을뿐더러 자신이 얼마를 헌금으로 내는지 다른 사람들이 알 도리가 없었다.

그날 종래는 헌금함에 넣을 동전조차 갖고 있지 않았다. 그저 동그랗게 말아쥔 손을 헌금함 안쪽으로 깊숙이 넣어 돈을 내려놓는 시늉만 했을 뿐이었다. 그런데 그날따라 수북이 쌓인 지폐들이 종래의 손끝에 닿았다. 언젠가 손가락을 펴서 한 움큼 돈을 집은 다음, 헌금함에 손을 집어넣을 때와 마찬가지로 주먹을 쥐어 꺼내면 아무도 모르지 않을까 생각했던 기억이 떠올랐다. 종래가 그런 생각으로 무심결에 주위를 둘러보는데, 맨 앞자리에 앉아 자신을 바라보고 있는 또래의 한 소녀를 발견했다. 움찔한 그는 손으로 구겨 잡은 지폐들을 얼른 떨쳐냈다. 말끔한 표정으로 그를 바라보고 있는 소녀의 시선에 사로잡힌 종래는, 하마터면 그 자리에 주저앉을 뻔했다.

종래는 오랫동안 소녀의 그 표정을 잊을 수 없었다. 그건 헌금함의 돈을 쥐겠다는 생각을 들킨 것 같아서만이 아니었다. 그런 생각 같은 건 한 적도, 할 필요도 없을 것 같은 무념한 표정으로 그를 바라보는 소녀는 자기와는 완벽히 다른 사람으로 보였기 때문이었다. 완전히 다른 세계에 존재하는 사람. 그때 종래는 남들과 똑같이 교회에 가서 헌금을 내는 일조차 자신에게는 허락되지 않는 버거운 일임을 깨달았다. 신의 은총이 모두에게 닿는 건 아니라는 것도. 은총의 빛을 받는 이들에게 가려진 어두운 그늘 밑에서 자신이 서성거리고 있음을.

종래는 헌금함에서 멀어지며 다시 돈뭉치를 사납게 움켜쥐는 상상을 했다.

*

    단체 프로그램 시간에 클래식 음악을 연주하기로 했던 외부 연주자들이 늦게 도착할 것 같다는 연락을 받은 건 약속된 시간을 얼마 남겨두지 않았을 때였다. 연주자들이 탄 승합차가 접촉사고를 당해 수습하는 데 꽤 시간을 소요한 탓이라고 했다.

    구치소 측에서는 시간 조정은 어렵다고 못을 박았기에, 연주자들 없이 프로그램을 진행해야 하는 상황이었다. 하지만 그날 연주회 말고는 프로그램을 따로 준비한 게 없던 자원봉사자들은 서름서름하게 서서 눈치만 볼 뿐 나서는 이가 없었다. 그때, 누가 노래라도 해야 하는 거 아니냐며 무심코 한 말에 진웅 선배가 대뜸 내 이름을 댔다. 그래도 노래방 가서 반주와 음정에 맞춰 제대로 한 곡 부를 줄 아는 사람은 동주 너밖에 없지 않냐며. 쟨 코인노래방에도 가. 다른 선배가 말을 붙이며 끼어들었다.

    "그래, 한동주, 어떻게 좀 해봐."

    아는 노래 하나 없다고 말하기도 전에 진웅 선배가 내 등을 두드리며 강당 출입구 쪽으로 떠밀었다.

    프로그램이 시작되고 진웅 선배가 앞에서 사회를 보는 동안 전 같지 않게 재소자들의 집중이 좀처럼 한데 모이지 않았다. 앞자리 의자에 기대 고개를 숙이고 있거나 떠들기를 그치지 않는 아이들을 진정시키고 앞을 보게 하느라 교정위원들이 열뜬 표정이 되어 뛰어다녔다. 한참 산만한 기운은 연주회가 시작되기 전까지 간단히 자원봉사자들의 노래를 들어보는 시간을 가져보겠다는 진웅 선배의 말에도 사그라지지 않았고 바로 이어 내가 강당 앞에 섰어도 마찬가지였다.

나는 내 앞에 앉아 있는 재소자들의 모습을 가만히 바라봤다. 맨 뒤에서 다른 재소자들의 소음과 난장에도 아랑곳없이 무심한 표정으로 창밖을 보고 있는 종래가 보였다. 종래만이 유일하게 고요히 자리를 지키고 앉아 있는 사람이었다. 대부분의 아이들이 앞쪽에 집중하지 않고 떠들거나 딴짓을 하고 있었지만, 그 공간에서 일어나는 모든 일이 시선 하나 움직이지 않는 종래의 시야 속에 갇혀 있는 것만 같았다.

중간쯤에 앉은 한 아이가 앞자리의 다른 아이 뒤통수를 때리고 밑으로 숨는 모습이 보였다. 손을 머리에 댄 채 뒤를 돌아본 앞자리 아이가 의자 밑으로 자맥질하듯 몸을 거꾸로 하고 파고들었다. 둘의 모습을 보고 주위에 있던 아이들이 키득키득 웃어댔다. 나는 그 앞에서 어쩔 줄 몰라 하며 땀이 진득하게 번져나간 손바닥을 쥐었다가 펴고만 있었다. 그때 진웅 선배가 벽면의 책꽂이 쪽으로 가더니 꽂혀 있던 찬송가집 한 권을 들고 와 내게 건넸다. 종교행사 때 사용하는 것이었다. 이거라도. 그런 표정으로 선배가 건네는 찬송가집을 나는 땀이 밴 두 손으로 받아들었다.

낱장의 종이들을 넘기며 찬송가 번호를 확인하는데 누군가 날린 종이비행기가 발끝에 떨어졌다. 고개를 들어 누가 일부러 던지기라도 한 것인지 확인하려 했지만 아무도 내 쪽을 보고 있지 않았다.

나는 찬송가집을 눈높이로 들어올렸다. 그리고 천천히 악보에 적혀 있는 대로 멜로디와 가사를 따라 노래를 부르기 시작했다. 아이들의 말소리가 내 목소리보다 크게 들려왔다. 작은 체구의 한 아이가 자리에서 일어나 다른 열의 책상으로 점프하는 모습이 양쪽으로 펼친 찬송가집 위로 보였다.

"다시 할게요."

그 말이 들렸을지 모르겠다. 부르던 노래를 스스로 멈췄지만 아무도 그것을 알려고 하거나 알지 못했고, 나만이 얼굴이 붉게 달아오른 채로 그 자리에 서 있었다. 찬송가집을 넘기다 익숙한 곡을 발견한 다음 다시 불러봤지만, 끝까지 부르지 못한 건 마찬가지였다. 첫 음을 너무 높게 잡았는지 목을 길게 빼고 뒤꿈치를 올려봐도 높은음이 제대로 나오지 않고 꺾였다. 앞에서 나를 바라보던 아이 하나가 소리 내어 웃었다. 나는 노래를 다시 멈췄다. 고개를 들어보니 앞자리 네 명 정도의 아이들이 나를 물끄러미 쳐다보고 있었다.

"다시 하겠습니다."

하고, 나는 찬송가집을 덮은 다음 눈을 감았다. 무작정 생각나는 찬송가 하나를 부르기 시작했다. 악보대로 부르지 말고 떠오르는 대로 멈추지 않고 불러야겠다고 생각했다. 감은 눈 밖으로 비치는 햇빛이 나비의 움직임처럼 어른거렸다.

그러다 별안간 가사를 잊었을 때, 어둠 속을 유영하던 빛이 모두 사라진 느낌이었다. 주위는 갑작스레 적막했고 다시 손에서 땀이 났다. 나는 노래를 멈췄는데 노래를 하고 있었고, 아니 듣고 있었고, 노래를 다시 시작한 것도 아니었는데 귀로는 노래가 들려왔다. 그건 내 목소리 같기도 했고 아니기도 했다. 감은 눈을 떴을 때 노래는 분명히 계속되고 있었다. 웅성거리던 소음은 멈춰 있고 창밖으로 이 광경을 선연하게 지켜보던 빛이 몸의 절반을 강당 안쪽으로 내밀었다. 나는 노랫소리가 환청인가 싶어 얼굴을 뒤덮은 햇빛을 팔로 가린 채 소리가 나는 쪽을 쳐다봤다.

종래였다. 느리고 낮은 목소리였지만 차분하게 공간을 울리는 음성이었다. 종래의 시선은 어느새 창밖을 향하지 않고, 기다리고 있었다는 듯이 내 시선을 받아내고 있었다. 나를 바라보고 있는 것은 종래뿐만이 아니었다. 겨루듯 쏟아내던 말과 소음은 사라지고 재소자들의 시선이 일직선으로 내게 한데 모였다. 나는 종래가 대신 부르고 있던 노래를 따라 부르기 시작했다. 그리고 이내 그의 음성이 멈췄다.

노래를 부르는 사람은 이제,

나 혼자뿐이었다.

할머니가 돌아가시고 나서 종래는 서울로 향했다.

무작정 상경했기에 잘 곳이 없어 모텔에 머물렀고, 돈이 필요했으므로 새벽이면 인력시장으로 향했다. 처음에는 아무도 써주는 이가 없어 매일같이 공을 치다 일주일째 되던 날, 소장이 평균 일당보다 높은 15만 원짜리 일이 있다며 나가보라고 했다. 일을 마치고 만신창이가 된 채 모텔로 돌아와 며칠을 앓아누웠다. 다시 인력사무소에 나가고부터는 꾸준히 일을 받을 수 있었다.

일을 마치고 모텔에 몸을 놓이고 나면 푸른 안개가 눈앞을 어슬렁거리다가 사라졌다. 안개 너머로 유년 시절의 기억이 담긴 상자 하나가 배회하곤 했다. 종래는 그 상자 안쪽을 들여다보고 싶었지만, 막상 뚜껑을 열면 그때의 매일을 지배했던 사납고 거친 기억들이 감당할 수 없을 정도로 뛰쳐나와 자신을 질식시킬지도 모른다고 생각했다. 과거의 기억들은 그저 흘러가게 두어야 하는 것이었다. 간직하면 상처가 되는 것이었다. 푸른 안개의 밤들이 지나는 동안 종래는 일 말고는 아무것도 하지 않았다. 가끔 헌금함에서 움켜쥔 돈을 꺼낼 때마다 늘 같은 표정으로 자기를 바라보고 있던 그 소녀가 생각났다. 종래는 투명한 담금주 병을 하나 사놓고서 현금이 생기는 족족 넣어두었다. 팔을 깊숙이 넣은 다음 아기를 바닥에 내려

놓듯이 조심스럽게 돈을 내려놓았다. 헌금함에서 꺼낸 돈만큼 다시 담아두기라도 할 것처럼. 이미 몇 병의 병을 지폐로 가득 채웠어도 소녀의 눈빛만큼은 기억에서 사라지지 않았다.

얼마간의 돈이 생겼고, 보름 정도의 숙박비를 선불로 모텔에 지불하고 종래는 월세를 알아봤다. 공사장에서 일을 하다 언 진흙 바닥에 넘어져 엉덩이뼈를 다친 이후에는 더는 일을 할 수 없었다. 혼자 있는 시간이 늘어나자 종래는 할일이 없었다. 다시 병 속의 돈을 꺼내 쓰기 시작했을 때 종래는 망가져도 그만이라는, 될 대로 되라는 기분이었고, 생각해보니 그건, 헌금함에서 돈을 꺼내기 시작할 때의 기분과 다를 바가 없었다.

그런 기분은 돈을 꺼낼 때만 잠시 불편하게 깃들다 사라지는 것이 아니라 켜켜이 쌓이는 것이었다. 마음대로 치우고 싶어도 치울 수 없을 만큼 무거워진 채로. 무게는 굴레였고 종래는 결국 앞으로도 죽을 때까지 그 기분을 어쩌지 못하리라는 사실을 거의 절망적이면서도 일상적으로 받아들였다. 종래는 자신이 어두운 그늘 안에 머무를 수밖에 없는 운명을 이제 부정하지 않았으나 그 어떤 선택권도 없이 양지가 아닌 음지에서 살아가야 하는 이유를 이해할 수 없었다. 이해할 수 없는 세상의 일과 시도 때도 없이 차오르는 분노를 종래는 어떻게 중화해야 할지 몰랐다.

종래가 소년원에서 함께 있었던 사천의 연락을 받은 것은 그때였다.

*

　나는 종래가 처음으로 개인상담 프로그램에 참여신청을 했다는 얘기를 들었을 때의 기분을 기억한다. 닿을 수 없이 멀게만 느껴졌던 존재와의 조우가 운명적으로 다가온 느낌이었다. 그해 진행하는 마지막 일정으로 종래에게는 처음이자 마지막으로 참여하는 상담이었다. 그의 상담 신청 소식에 다른 자원봉사자들도 조금은 놀란 눈치였다. 더군다나 내가 그와의 상담을 맡아 진행해보겠다며 나서자 우려하는 목소리도 없지 않았다.

　"네가 아직 경험이 많지 않아서 그래도 될지 모르겠어."

　진웅 선배도 그중 하나였다.

　선배가 걱정스레 만류하는 것을 잘 알았지만, 나는 애초부터 종래와 상담을 진행해보고 싶다는 생각을 해왔던 차였기에 되레 설득조가 되어 항변했다.

　"애들, 두려워하지 말라면서요."

　내가 대꾸하자 진웅 선배는 그런 내가 신경쓰인다는 듯 이맛살을 찡그리며 바라봤다.

　"그것도 가려가면서 말이지. 그 애가 너무 억세서 네가 제대로 감당이나 할 수 있을지 모르겠어."

　여전히 확신이 서지 않는 말투로 저어하던 선배가 손을 휘휘 저으며 덧붙였다.

"안 한다고 포기하는 게 아니야. 그러니 괜한 오기 부리지 마."

재소자들에게 편견 없이 굴던 평소와 다르게 진웅 선배가 거듭 당부하듯 말하기에 포기해야 할까 생각했지만, 그런데 어쩐지 그러면 그럴수록 종래를 더 만나보고 싶다는 의욕이 강하게 밀치고 올라오는 것이었다.

"저, 한번 만나볼게요."

진웅 선배는 굳이 일을 만들 게 뭐냐는 표정이었다.

"무리하지 말지. 넌 꼭 왜 꼭 반대로만……."

마지막 말을 꾹 참는 듯 진웅 선배는 크게 한숨을 내쉬었다.

"그래, 걔가 노래도 대신 불러주고 이상하게 너만큼은 잘 따르니까 뭐 나쁘지 않을 수도 있겠다만. 네가 하는 쪽으로 한번 얘기해볼게. 너무 기대하진 마."

반쯤 포기했다는 듯한 어조로 진웅 선배가 종래와의 상담을 추진해보겠다고 하자 막상 어떤 불편한 마음이 한편에 자리잡았다. 괜한 일을 애써 벌이는 게 아닌가 하는 뒤늦은 후회가 마음을 어지럽히기도 했지만, 종래에 대한 개인적인 관심만큼은 떨쳐낼 수 없었다. 종래가 무슨 죄를 지었든 그를 한번 알아보고 싶은 사적인 마음의 충동도 무시할 수 없었다. 그러면서도 막상 그를 대면한다고 하니 불안한 마음이 이는 것은 어쩔 수가 없었는데, 정작 마주한 종래는 그리 큰 위압감이나 위협이 느껴지게 구는 사람은 아니었다.

"이제는 아예 못 오시는 거예요?"

종래가 익살스러운 표정을 하며 물었다. 그가 사천이 형이라고 부르던 사람의 이야기까지 하고 난 다음이었다.

"그래."

"마지막이네요?"

종래가 어색한 웃음을 지으며 물었다. 감추지 못한 실망감이 어투 속에 묻어났다. 그 감정이 풀을 발라놓은 듯 마음에 서늘하게 달라붙었다. 웃는 표정을 한 번도 본 적이 없었기 때문에 억지스럽게 짓고 있다는 의심을 잠시 했고, 어떤 표정이 진짜 종래의 모습인지 생각했다. 아무도 알아봐주지 않는 진심을 숨기고 사느라 표정 밖으로도 마음을 꺼내기 어려웠던 걸까 싶었고, 표정을 드러낼 이유가 그동안 없었기 때문에 굳은 표정이 고착되어 있던 것은 아닌지 하는 생각도 들었다.

"밖에 나가서도 볼 수 있어요?"

순간 그 말이 조용하게 심장의 판막을 조였다. 외면하고 싶었던 질문이었고 질식할 것 같은 기분이 드는 것이었다. 나는 고개를 들어 종래를 바라봤다. 그런데 그것은 무엇인가를 원하는 표정이 아니었다. 답을 바라는 게 아닌 것 같았다.

"그럼."

나는 짧게 대답했다. 내가 가진 어떤 두려움이 혹시 그에게도 느껴졌을까.

"거짓말하지 말아요."

그가 믿지 않는다는 듯 웃으며 대꾸했다. 아마도 사람을 믿지 않는 것은 그가 아니라 나인지도 몰랐다. 언젠가 종래가 이곳을 나와 일상의 공간에서 마주친다고 해도 나는,

너를 죄를 지은 사람이라고 생각하지 않을 수 있을까.

*

사천은 혼자 사는 게 아니었다.

집에는 네 명의 여자들이 더 있었다. 현관으로 들어서는 그를 그들이 무표정한 얼굴로 바라봤다. 챙 달린 야구모자를 쓴 종래는 고개를 푹 숙여 여자들의 시선을 가렸다.

"너 인마는, 여자를 좀 아나?"

짐을 부리고 앉자 사천은 담배를 권하며 말했다.

"모른다."

종래가 대답했다.

"모르나?"

사천은 비실거리며 웃었다.

"이 시상은 말이다. 이제 여자를 대우 안 하면 살기가 힘들다. 뭔 말인지 아나?"

종래는 들어올 때 그랬던 것처럼 모자로 사천의 시선을 막았다.

"어깨 피라 마, 사내새끼가 축 처졌노."

거칠게 뱉어낸 담배 연기가 종래의 눈가를 따갑게 했다.

"종래야."

"말해라."

"니 돈 필요하제?"

종래는 고개를 들어 사천을 한번 쳐다본 다음 고개를 낮췄다. 담배를 쥐고 빙빙 돌리는 사천의 손을 종래는 무심히 쳐다봤다.

"너 인마야 내가 묻잖아!"

그의 손이 멈췄다, 담배 연기가 갈 데를 잃고 뭉근하게 퍼졌다.

"필요하다."

종래는 마지못해 대답했다.

"그제?"

화색이 돋는 목소리로 반문하더니 사천은 다시 담배를 손으로 돌렸다.

"마 그럼, 니는 형이 시키는 대로만 해라. 돈 버는 거 어렵지 않다, 이 바닥."

그 바닥이 대충 어떤 바닥일지 그의 말투나 여자들의 모습을 통해 짐작이 가지 않는 것은 아니었으나 종래에게는 다른 선택지가 없었다.

같은 오피스텔 건물의 다른 층에는 성매매가 이뤄지는 곳이 따로 있었다. 네 명의 여자들은 교대로 그곳을 오고갔다. 사천의 휴대폰으로 전화가 걸려오면 종래가 건물 밖으로 나가서 남자를 데리고 왔다. 단골들이야 알아서 찾아와 굳이 종래가 나설 필요가 없었지만 동영상 삐라를 보고 찾아오는 사람들은 종래가 마중을 나가 미리 신원을 확인하고 인도해야 했다. 사천은 새 고객을 꾸준히 늘려야 한다고 했지만, 막상 처음 찾아와 거래하는 이들에 대해서는 강박적으로 예민하게 굴었다.

종래는 사천이 시키는 대로 그가 만든 삐라를 수십여 개의 메신저 그룹방에 올려놓았다. 사천이 홍보용 편집 영상이라고 했던 삐라는 종래와 같은 오피스텔에 살고 있는 여자들의 영상만 담겨 있는 것이 아니었다. 그가 '노예'라고 부르는 여성들의 것도 포함되어 있었다. 사천은 삐라 영상을 여러 비밀 그룹방에 배포하면서 유료회원들을 모았다. 삐라는 홍보 수단이기도 했지만 회원들을 결속시키는 매개가 되기도 했다. 회원들은 사천이 실시간 영상통화를 통해 '노예'들에게 명령하고 협박하는 모습과 더불어 그들이 겁먹은 모습을 보는 걸 공유하며 즐겼다.

처음 회원이 되면 그들 모두 군중 속의 하나가 되어 관조하듯 누군가의 착취를 감상했는데 그것은 타인에 대한, 노예라고 불리는 여성들에 대한 도덕적 민감성을 그들 자신도 모르게 점점 취약하게 만들어가는 과정이었다. 그리고 나서 어느 순간부터는 자극에 대한 도덕성이 완전히 결여된 상태가 되었고 이후부터는 군중에 머무르지 않고, 반드시 착취하는 당사자가 되었다. 그 어느 누구도 위험수위에 이른 착취를 말리거나 멈추라고 하는 사람이 없었고 결국 동조를 넘어 참여하는 시점이 도래했기 때문이었다. 이때가 현금 유입량이 폭발적으로 늘어나는 시기라고 사천은 설명했다. 누가 먼저랄 것도 없이 돈을 건네고 직접 노예를 착취하는 경험을 사고 싶어하는 것이었다. 사천은 경쟁적으로 여성에 대한 자극적인 성착취를 하도록 부추겼고 회원들은 그의 말과 행동에 쉽게 휩쓸렸다. 비밀 그룹방에 돈을 내고 참여한 회원들 역시 어떤 의미에서는 사천의 또다른 노예와 다름없었다.

*

"굳이 다 얘기하지 않아도 돼."

그의 얘기를 필요 이상으로 공유하는 게 저어되어 나는 종래에게 말했다.

"지금은 수사를 하는 것도 받는 것도 아니니까. 혹시 구치소 수감생활중에 어려움이 있다거나……."

"소명이라는 거 있잖아요."

종래가 혼잣말처럼 중얼거렸다.

"그런 것 때문에 이런 자원봉사를 하는 거예요?"

나는 종래가 무슨 의미로 그렇게 묻는지 알 수 없었으나 부러 따져 묻지는 않았다.

"예전에 교회에서 그러던데요. 세상에는 은총을 많이 받은 사람들이 있는 반면 그러지 못해 결핍된 사람들이 있게 마련이라면서요. 남들보다 은총을 많이 받은 사람들이 결핍되고 어려운 사람들 몫까지 열심히 사는 게, 그게 소명이라고 하던데요."

"난 그렇게까지 생각을 해본 적은 없고……."

"그럼 왜 죄인들을 위해 일해요?"

말허리를 끊고 들어온 종래가 순간 사나운 눈매로 바라보며 말했다. 죄인이라니, 입속말로 내뱉은 말이었다. 나는 급하게 손을 내밀어 종래에게 더이상은 그만하라는 표시를 내보였다.

"징그럽게 생각하잖아요."

그 말이 나를 시험하기 위한 것인지 나는 알 수 없었다.

"신 앞에서는 모두가 죄인이다."

종래의 도발을 무마시킬 마음에 나는 겨우 진웅 선배가 언젠가 내게 했던 말을 꺼냈고, 곧 그 말이 종래에게 지금 얼마나 공허하게 들릴지를 속으로 되새김했다. 나조차도 그 말을 믿지 않고 있었기 때문이었다.

"타인을 위해 사는 사람은 없어요. 특히 죄인을 위해서는 더더구나. 구치소 자원봉사도 따지고 보면 그런 거 아니에요? 자기 죄를 사하고 싶은 마음. 자기가 선하다는 망상. 어려운 일을 하면 더 큰 것을 신이 줄 것이라는 믿음 같은 게 떠미는 거 아닌가요. 그건 또다른 이름의 욕심이죠. 그런데 제가 그렇게 얘기한다고 혹시나 죄책감을 느끼지는 말아요. 누구나 다 그래요, 그렇다고요. 다 그런 거예요, 자기가 받을 열매를 바라며 하는 일인 거죠."

긴 앞머리가 흔들리며 그의 눈을 가렸다가 다시 보이곤 했다. 종래가 연신 힘주어 말할 때, 입속 바람이 들어올린 머리카락 안쪽으로 그의 눈이 번득이는 것을 나는 봤다. 그의 눈빛에 깃든 어떤 원망과 분노가 뒤섞인 공격성을 목격하고 나서 나는 몸을 가늘게 떨었다. 그는 고개를 천천히 저으며 약간은 체념의 어조로 덧붙였다.

"그럼 우린 뭐죠? 제물인가."

*

사천을 만났을 때 종래는 품속에 감추고 있던 칼을 실수로 떨어뜨리고 말았다. 그날은 종래가 오피스텔을 나온 후 사천을 처음 보는 날이었고, 자신에 대한 경찰 수사가 이뤄지고 있다는 사실을 알고 난 직후였다.

사천과 결정적으로 갈라지기 시작한 것은 종래가 독자적으로 그룹방을 만들어 운영하면서부터였다. 종래는 사천이 미성년 여성들을 협박하고 착취하는 과정과 그룹방 운영을 고스란히 답습해 자기만의 방을 운영했다. 오피스텔에서 나온 지 불과 얼마 되지 않아 종래의 유료 메신저 그룹방은 사천이 운영하는 것보다 배로 많아졌다.

종래는 본인이 직접 노예 여성을 찾아가 협박하며 조롱하는 모습을 라이브로 그룹방에 송출했다. 가출청소년들을 끌어들여 회원들 대상으로 성매매를 알선하기도 했다. 가출청소년을 유인해온 사람에게는 사례비를 줬고, 영상을 통해 여성을 착취할 수 있는 권한을 주겠다며 회원들 대상으로 신청을 받았고 그 대가로 돈을 받았다. 여성들을 협박하고 착취하는 방법은 사천보다 더 교묘하고 악질이었다. 하지만 그만큼 회원이 늘어갔으며 사천의 그룹방에 있던 회원들까지 대거 옮겨왔다. 종래가 세를 불릴 뿐만 아니라 그 때문에 자기 영역이 축소되자 사천은 반발하기 시작했다. 상대방 스태프를 서로 테러하는 일도 빈번했다. 급기야 사천은 종래가 운영하는 메신저 그룹방을 언론에 제보한 이후, 종래에게는 자신이 벌인 일이라며 차라리 같이 죽자는 메시지를 남겼다. 비밀 그룹방이 언론에 알려진 이후 여성 피해자들이 종래를 고소했다.

종래가 사천에게 잘못했다며 항복하겠다는 메시지를 보낸 건 언론에 자신이 운영하던 메신저 그룹방 이름이 노출되고 성착취 영상을 배포하던 회원 몇이 경찰에 잡히고 나서였다. 그 방의 최종 책임자가 종래라는 사실이 기사에 오르내렸다. 종래가 사과와 함께 대책을 상의하고 싶다며 사천에게 연락을 해 만난 곳은 그의 오피스텔 앞이었다. 그는 종래의 얼굴이 안 본 사이 몹쓸 지경이 되었다며 웃었다. 경찰의 수사가 시작되었다는 소식을 들은 이후 종래는 몹시 초조하고 신경질적이 되었기 때문에 그의 말을 예사로이 넘길 수가 없을 지경이었다.

종래가 칼을 떨어뜨린 곳은 사천과 함께 서 있던 오피스텔 건물 엘리베이터 앞에서였다. 그 모습을 보고 소스라치게 놀란 사천이 급히 엘리베이터에 올라타 닫힘 버튼을 수십 차례 누르는 동안 종래는 침착하게 칼을 주워들어 닫히는 문 사이를 갈랐다. 이윽고 열린 엘리베이터 안으로 들어간 종래가 버튼이 눌린 층에서 내렸을 때 사천은 이미 숨이 끊어진 상태였다.

*

"그렇게까지 할 생각은 없었어요. 겁만 좀 줄 생각이었죠."

종래는 비교적 홀가분하고 가벼운 표정으로 말했다.

"그런데 왜 그렇게까지……."

그런 의도까지 알아야 할까, 혼란스러운 마음으로 나는 그에게 묻듯이 말했다.

"똑같은 거예요."

"어떤 게."

"나쁜 사람 하나를 사라지게 한 거요. 자원봉사하는 것과 다를 바가 없다고 생각하시면 편해요. 그러니까 이를테면 저의 소명인 거죠."

소명.

나는 혼잣말로 중얼거렸다.

"얘기했잖아요. 사람들은 받을 열매를 바라며 산다고."

내가 종래를 쳐다봤을 때 그의 두 눈과 표정은 움직임이 없었다.

"그래서 보상받은 것 같아?"

내가 묻자 종래가 대답 없이 희미하게 웃었다.

"네가 괴롭혔던 여자들은 무슨 죄고."

"그럴 만한 애들이에요. 자기 몸을 동영상으로 찍어서라도 돈 벌고 싶은 애들. 전 오히려 그 애들을 구원해준 거라구요. 저는 세상에 완전한 악행도 또 완벽히 선하기만 한 것도 없다고 생각해요. 그 자체로 순수한 게 어디 있겠어요. 다들 아닌 척 자기 약점을 가리거나 위선을 떠는 데 급급할 뿐이죠. 그 누구도 죄가 없는 사람은 없어요. 안 그래요?"

너도 일상적으로 죄를 짓잖아, 드러나지 않은 죄. 종래는 그렇게 묻고 싶은 듯이 나를 사납게 노려봤다. 그건 나뿐만 아니라 세상에, 그리고 그가 수북이 쌓인 헌금에 손이 닿을 때 눈길이 마주쳤다던 그 소녀에게 묻는 것 같은 표정이었다. 진웅 선배가 상담을 말릴 때 그렇게 했었나, 하고 나는 잠시 자조했다.

"죄가 무섭다는 생각은 안 해봤어?"

내가 물었다.

"무슨 말이에요?"

"본질적인 죄는 살아낼 수가 없어. 형기를 다 마치듯."

"그게 무슨 말인데요?"

"사는 게 죄가 되는 거야."

가슴 깊은 곳에서 꿈틀거리다가 용솟음치며 튀어나오는 말을 참지 못하고 나는 그렇게 말해버렸다. 상담의 맥락과 윤리를 저버리는 말을 내뱉었다는 자책 너머 칼로 뭔가를 자르려다 잘못 손을 베어버린 것처럼 알 수 없는 죄책감이 마음속에서 붉게 배어나오는 것 같았다.

"그때 그 노래 있잖아요."

침묵하던 종래가 입을 열고 담담하게 말했다. 나는 고개를 들어 그를 올려다보았다.

"……."

"소년원에 있을 때도, 그곳에서 나와서 교회 다닐 때도 자주 부르던 찬송가였어요. 그래서 기억해요."

창밖을 향해 있던 고개를 내 쪽으로 천천히 돌리던 그의 모습을 떠올렸다.

"그렇게 노력하는 사람은 처음 봤어요."

그때 나를 바라보던, 처음 보았던 그 선한 눈빛이었다.

"마음을 열어 보이려는 사람은요."

종래가 던진 마음이라는 언어가 너무나 생생하고 크게 느껴져 나는 숨이 막혔다. 나는 거기서 멈추고 싶었다. 그에게서 느껴지는 모멸과 긴장과 두려움과 그리고 혹여나 있었던 연민과 그를 알고 싶었던 호기심과 마음의 혼돈을 내던지고 그만, 그만해달라고 말하고 싶은 충동이 일었다.

"사람들은 내게 별로……."

그는 나에게 여전히 시선을 고정한 채 말했다.

"친절하지 않거든요."

그가 자리에서 일어났다. 정면으로 보이는 그의 모습이 왠지 모르게 뒷모습처럼 낯설게 느껴졌다. 한 번도 보여주려 하지 않았던 뒷모습을 애써 보이려는 것처럼. 왜 그럴까 생각했는데 그건 착각이었다. 사람들이 보려 하지 않고 보지 않는 사람의 이면이 있을 뿐이었다.

"이 운동화 고마워요."

그가 문을 열고 나서려다 말고 뒤를 돌아보며 말했다. 나도 그의 운동화를 바라봤다.

내가 넣어준 영치금으로 샀다던 그 하얀 운동화였다.

내일은 판매왕

싹 다 엎어야 한다니까. 새로 부임한 지점장은 주간회의에서 요즘 자주 그 이야기를 했다. 회사도, 자동차도 다 미래형으로 가는데 말이야, 정작 차를 파는 사람들은 정체되어 있다며 질책하듯이 말하고는 했다. 지점장이 이 정도까지 말하고 나면 다음은 자기 차례라는 것을 광호는 잘 알고 있었다. 실적이 특히 낮은 자신이 항상 지점장의 타깃이 되어버리곤 하는 걸 어쩔 수 없이 수용하고는 있었지만, 그렇다고 자존심이 상하지 않는 것도 아니었다. 광호는 그럴 때마다 두 손으로 바지 솔기를 움켜쥐고는 얼른 그 시간이 지나가버리기만을 바라곤 했다.

　"이봐 광호 씨."

　어김없이 불린 이름을 듣고 광호는 고개를 쭉 내밀었다.

"아니, 사람이 대체 왜 그래."

지점장은 광호를 향해 쥐고 있던 서류들을 신경질적으로 흔들었다.

"고객한테 어떻게든 차를 팔아야 할 사람이 차를 타본 적도 없다고 하면 어떻게 하나, 이 답답한 사람아. 그러면 뭐, 고객이 알아서 사?"

지점장이 혀를 끌끌 찼다. 얼마 전 새로 출시한 스포츠유틸리티차량을 보러 온 남자 고객 얘기를 하는 것이었다. 스포츠유틸리티차량이 곧 디젤이라는 공식은 이제 없지 않으냐고 물어보던 30대 정도의 남자 고객이었다. 광호는 남자의 말에 고개를 끄덕였다. 몸집이 커서 연비가 잘 나올지 모르겠다던 남자가, 차라리 같은 차종 하이브리드차량을 타는 것도 나쁘지 않겠죠?라고 물었을 때 광호가 아직 타본 적이 없다고 말한 건 별생각 없이 튀어나온 말이었다. 실제로 신차가 지점 매장에 전시된 것도 불과 며칠 전이었고, 신차 시승을 비롯한 교육 일정이 아직 광호의 차례까지는 오지 않은 탓이었다. 고객은 그 일을 회사 게시판에 남겼다. 차를 모르는 사람이 어떻게 차를 파느냐고.

"그걸 꼭 그렇게 말해야만 하냐고."

지점장은 원망스러운 눈초리로 광호를 향해 힘주어 말하고는 고개를 절레절레 흔들며 손에 있던 서류를 얼굴 가까이로 가져갔다.

"우리 지점에 좋은 소식과 나쁜 소식이 하나씩 있는데 말이야."

지점장이 글씨가 잘 보이지 않는지 다른 손으로 책상 위에 놓인 돋보기안경을 집어들어 얼굴에 아무렇게나 쓰고는 잔뜩 눈가를 찌푸린 채 말했다. 광호는 지점장의 눈가를 보며 주름이 늘었다기보다는 탄성이 사라져 늘어진 얼굴 같다고 생각했다. 좋은 소식과 나쁜 소식이라면, 으레 그렇듯 나쁜 소식은 자신에 관한 것일 수 있겠다고 광호는 생각했다.

"먼저, 좋은 소식. 우리 지점 판매 순위에서 나란히 1, 2등을 하고 있는 이준호 부장과 정상호 차장이 이번에 본사에서 뽑는 세일즈 우수자가 됐어요. 부부동반으로 3박 4일 제주도 인센티브 투어를 보내준다는군. 자, 박수!"

지점장이 가장 열렬히 박수를 치는 동안 이 부장과 정 차장은 당연한 일이라는 듯 별반 좋은 내색을 하지 않았다. 광호는 그런 둘의 모습을 보면서 속이 타는 듯 마른 입술을 혀로 축였다.

"이거 보라고, 이거 봐, 차 잘 팔면 본사에서 어떻게든 뭘 못해줘서 안달이잖아. 게다가 혼자만 보내주나? 부부동반이잖아, 부부동반."

지점장은 마치 자신이 두 사람을 제주도에 보내주는 것처럼 어깨를 으쓱거렸다.

"자, 다음은……."

지점장이 서류를 뒤척였다. 뒤로 젖힌 서류 종이가 제대로 뒤로 넘어가지 않자, 지점장은 화난 사람처럼 종이의 모서리 끝을 잡고는 찢어질 듯이 세게 넘겨버렸다.

"나쁜 소식이지."

지점장이 인상을 구기며 말했다.

"어쩌면 지점에는 좋은 소식일지도 모르고."

광호는 마음을 졸이기 시작했다. 실적이 없는 직원들은 제주도가 아니라 오지에라도 보내려 하는 걸까. 광호는 은근 겁이 났다.

"지점에서 판매실적이 가장 좋지 않은 직원의 판매 영업 실력을 향상하기 위해 본사에서 직접 직원을 파견해 교육을 진행한다는 소식. 일대일 코치처럼 붙어서 실력을 단기간에 극대화시키겠다는 취지라는데."

지점장은 서류에서 눈을 떼지 않고 있다가, "좋은 일이야. 이런 게 정말 시스템화되면 좋지. 만년 차를 적게 팔아도 부끄러움을 모르니. 쯧쯧쯧" 하며 혀를 찼다.

직원 몇의 얼굴이 상기됐다. 광호만큼이나 실적이 낮은 것은 아니지만, 점점 하향세를 보이는 직원들이었다. 회사의 자동차 판매실적이 내리막길을 걷고 있는 것은 어제오늘 일이 아니었다. 내수시장에서 국내 자동차 회사들과 힘든 경쟁을 하고 있는 것은 물론이고, 수입차 판매 비율이 가파르게 치솟으면서 시장점유율을 뺏긴 채 점점 설자리를 잃고 있었다. 직원들이 불안한 마음에 서로의 기색을 살폈다. 그러나 그 탐색은 얼마 지나지 않아 끝났다.

"김광호 씨."

광호의 이름이 불렸기 때문이었다. 내심 불안해했던 직원들 몇이 경직된 표정을 펴며 일제히 광호에게 시선을 보냈다. 광호는 다른 직원들의 시선이 머리 위로 무겁게 쌓이고 있는 것 같아, 이름이 불렸는데도 고개를 들 수가 없었다.

광호도 한때 회사의 자동차 판매왕에 오른 적이 있었다. 광호가 일하던 지점은 어렸을 때부터 살던 지방 소도시였는데 지역에서는 광호를 모르는 사람이 없을 정도로, '자동차 하면 김광호'로 통하던 시절이었다.

한동네 주민에게 차 한 대를 팔면 꼬리에 꼬리를 물고 동네 대부분의 사람들이 광호의 매장에서 차를 샀다. 아파트에 사는 주민 한 명에게 차를 팔면 차가 필요한 아파트 주민들이 모두 광호에게서 차를 샀다. 집촌 성향이 강하고 배타적인 지역 정서는 오히려 광호에게 울타리가 되어주었다. 너나 할 것 없이 차에 관해서라면 광호에게 묻고, 살 때도 광호를 찾았다. 그게 가능한 시절이었다. 한 해에 3백여 대의 자동차를 넘게 팔면서 회사 판매왕에 오르자 중앙일간지에도, 지역신문에도 기사가 실렸다. 언론이나 사람들이나 모두 하나같이 판매왕의 비결과 세일즈 노하우를 물어왔다.

"그저 어제의 습관대로 일하는 거죠."

광호는 성실이 바로 그 노하우라며, 묻지 않는 사람들에게
도 나서서 그게 판매왕이 될 수 있었던 비결이라고 말했다.
"하던 대로 하면 돼요, 대신 성실한 습관을 만들어야죠"라는
제목의 인터뷰 기사를 오려 지갑 속에 꽂고 다니며 광호는 기
회가 있을 때마다 사람들에게 보여주고는 했다. 광호에게는
호시절이었다.

하지만 거기까지였다. 거주지가 신도시 개발 부지로 확정되
기 전까지는 그랬다. 신도시가 생기고 고층아파트며 복합시설
이 들어설 때까지만 해도 광호는 새로운 고객들을 더 많이 끌
어들일 수 있겠다는 생각에 기대에 한껏 부풀어 있었다. 재개
발 갈등이 꽤 오랫동안 이어지면서 거의 떠나버린 내지인들을
대신해 신도시는 이웃 광역시와 타지에서 이동해온 사람들로
채워졌다. 도시는 기존보다 배는 커졌지만, 사람들은 광호 회
사의 자동차가 아닌 그 도시에 처음 생긴 수입차와 다른 국산
차 브랜드에 더 많은 관심을 가졌다. 광호는 여전히 어제의 습
관대로 자동차를 팔고 사람들을 만나고, 인터뷰 기사를 보여
줬지만 새로운 도시의 사람들은 더이상 광호에게서 차를 사려
고 하지 않았다. 광호는 물이 모두 말라버린 강바닥에 남겨진
물고기처럼 영업 터전을 잃어버렸다. 아마존에서도, 아프리카
초원에서도, 가뭄이 와서 물이 사라지면 동물들도 물을 찾아
떠나잖아. 광호가 서울로 근무지 전환 신청을 하면서 아내를

설득하기 위해 한 말은 그것이었다. 여기서 차를 팔지 못할 거면 차라리 대도시에 가서 제대로 해보고 싶다고 말해도 꿈적하지 않던 아내는, 아이들 교육은 서울이 더 나을 수도 있다는 말에 결국 마음을 움직였다.

이사한 서울의 아파트는 베란다 창을 열면 8차선 도로에서 올라오는 각종 소음에 기합하게 되는 곳이었다. 자동차 클랙슨소리나 오토바이 엔진소리, 구급차의 사이렌소리가 밤낮으로 뒤섞여 들려와 귓가를 어지럽혔다. 에어컨도 없이 살았던 광호네 가족은 한여름 더위에 이사오기 전처럼 창문을 열어놓고 잤지만, 광호는 어쩐지 자는 내내 코 위로 차들의 매연과 소음이 쌓이는 기분이 들었고, 자고 일어나면 여러 대의 무거운 차체가 몸을 밟고 지나간 것처럼 꼼짝하기 어려웠다. 빡빡하게 감아 돌려야만 작동을 하는 딸아이의 오르골 태엽처럼 광호는 쥐어짜듯 몸을 일으켜 집을 나서곤 했다. 매장에서 만나는 사람들이 하나같이, 간밤에 자신의 얼굴을 밟고 지나간 차량들 같았다. 도시에는 광호 자신이 갈급하게 찾던 물이 없다고 느낀 건 그즈음이었다.

차와 한 몸이라고 생각했던 광호는, 그와 가족들을 먹여 살리고 있던 자동차라는 존재가 얼마간 징그러워지는 게 겁이 나기 시작했다. 스스로 가장 적게 팔았던 달의 기록을 매월 경신해나가다 어느덧 차 한 대를 못 파는 달이 생기기도 했다. 고급차를 팔수록 더 높은 인센티브를 받을 수 있었지만 광호가 어쩌다 파는 차는 내수용으로만 판매되는 저가의 소형차였다. 그런데 경차에 부여하는 정부의 세제 혜택까지 사라지면서 그 마저도 위태로워졌다. 다행히 기본급여를 받고 있어 아예 차 를 팔지 못한다고 해도 당장 생계가 곤란해지는 것은 아니었 지만 본사와 지점에서는 광호의 실적에 대해 노골적으로 개선 을 요구했다. 기본급에만 안주해 차 한 대를 못 파는 대표적인 사람으로 어느새 낙인찍혀버린 것이었다.

"본사에서 파견 오는 분 약력이 예사롭지 않군."

지점장은 안경 너머로 눈을 치켜뜨면서 광호를 쳐다보고는 다시 서류로 시선을 돌렸다.

"미국 아이비리그를 졸업하고, 현지의 자동차 전장 회사에 서 근무한 이후 본사 마케팅 부서로 입사, 자동차에 대한 전문 성과 실력을 인정받아 다양한 부서에서 경험을 쌓아왔으며 이 번에 새로 생긴 판매촉진팀에서 서비스와 판매전략을 담당하 고 있다."

지점장은 거기까지 읽고 난 다음 얼굴에서 안경을 떼어냈 다.

"이번 기회에 잘 배워보라고, 광호 씨."

양손을 주머니에 찔러넣은 채 자신을 바라보는 지점장의 가느다란 눈길이 뾰족하게 느껴진 광호는 시선을 피했다. 이 마를 덮은 머리를 손으로 넘기자, 머리칼 사이로 땀이 배어나와 손가락에서 손바닥으로 흘렀다. 동료 직원들이 자리에서 일어나면서 광호를 한 번씩 쳐다보기도 하고 웃음 짓기도 하는 모습들을 눈치로 살피면서 광호는 두 손을 어떻게 두어야 할지 몰라 괜히 가슴팍 언저리를 비벼댔다. 책상에 깔린 유리에 비친 얼굴과 손동작을 보고서야 광호는 그 동작을 멈췄다.

"판매촉진팀, 강재원 부장입니다."

지점장 옆에서 자신을 소개한 강 부장이 광호에게로 와서 악수를 건넸다. 포마드 왁스로 깔끔하게 한쪽으로 빗어 넘긴 머리에서 윤기가 났다. 검은 뿔테 안경과 원색의 빨간색 넥타이, 새하얀 와이셔츠가 어울려 비교적 강한 인상이 풍겨나왔다. 배가 제법 나왔지만 큰 키 때문인지 크게 도드라지는 것 같지는 않다고 광호는 생각했다.

"김광호 차장님 얘기는 많이 들었습니다. 그래도 한때 판매왕이셨다지요?"

'그래도 한때'라는 강 부장의 말이 광호의 자존심을 건드렸지만, 동시에 한 달에 경차 한두 대 정도밖에 팔지 못하는 자신의 처지가 떠올랐다. 그러자 자존심이라는 것이 지금 여기에 존재하는 감정의 종류가 아니라 어딘가 멀리에 두고 온 물건처럼 느껴졌다. 그것은 여전히 빛나고 있었지만 그것을 떠올리는 기억은 낡고 초라했다. 광호는 강 부장의 말에 무슨 말을 하려다가 이내 체념해버렸다.

"제가 너무 옛일을 짚어서 마음이 좋지 않으신가요?"

강 부장이 광호의 키보다 한 뼘 높이서 내려다보며 물었다. 끄덕인 것도, 옆으로 흔든 것도 아닌 채 광호는 어정쩡하게 고개를 흔들었다.

"제가 그 이유를 맞혀볼까요? 그건 김광호 차장님이 여전히 과거에 묻혀서 살고 있기 때문입니다. 현재와 유리된 김 차장님만의 세계 속에 말이죠."

강 부장이 검지손가락을 앞뒤로 까닥거리며 말했다.

"이제 세상은 변했습니다. 자동차도, 자동차를 사는 사람들도 변하고 있습니다. 그런데 어쩌면 변하지 않고 있는 것은 김광호 차장님 혼자만은 아닐까요?"

강 부장이 예리한 시선으로 광호의 눈 속을 들여다보았다. 순간 광호는 무슨 말을 해야 할지 몰랐다. 대꾸할 말조차 바로 떠오르지 않는다는 게 광호를 무기력하게 했다.

"그러니까 결론적으로 말입니다. 김광호 차장님이 변할 수만 있다면요. 예전의 판매왕 자리요? 그까짓 거 아무것도 아니다, 이 말입니다."

강 부장의 말에 가장 흡족해한 것은 다름 아닌 옆에 있던 지점장이었다. 지점장은 박수까지 쳐가면서 흐뭇한 표정을 지었다. 광호는 지점장이 이곳에 온 이후로 그렇게 어린아이처럼 순수하고 해맑게 웃는 것을 본 적이 없었다. 본사에서 지점으로 옮겨온 일을 경쟁에서 뒤처졌다고 생각하는 지점장이었다. 지점의 괄목할 만한 성장 없이는 본사로 돌아갈 수 없다는 생각 때문에 늘 실적에 목말라하고 있었다. 광호는 지점장에게 이런 종류의 교육이 필요한 이유를 모르겠다면서 항변하고 싶었지만, 당장이라도 실력을 내보여서 실적을 높이겠다고 소리치고 싶었지만, 그러나 현재 광호의 실적이 지점에서 가장 미약한 것은 분명한 사실이었으므로. 광호는 자신의 입을 스스로 헝겊처럼 기우고 막아버리는 심정으로 이 모든 일들을 받아들여야겠다고 생각했다.

"단 하루입니다, 하루. 하루에 불과하다고 생각할 수도 있겠지만 김광호 차장님을 변화시키기에 충분한 시간이죠. 변화된 차장님으로 꼭 만들어드리겠습니다. 그러니 저를 믿고 따르셔야 됩니다."

하루라는 시간의 경중을 놓고 보자면, 꾹 참고 버티면 금세 지나가버릴 시간인 것도 같았다. 그러나 광호가 지금까지 회사에서 살아낸 시간에 비추어볼 때 변화하는 데 필요한 하루라는 시간에 담긴 함의가 어떤 모멸처럼 느껴졌다. 자기 시간의 부정을 통해 거듭나기에 광호는 스스로 너무 늙어버린 것 같다는 생각을 떨칠 수가 없었다.

강 부장이 가져온 것은 판매나 서비스와 관련된 자료라던가 매뉴얼이 아니라 그냥 하나의 지도였다. 강 부장이 책상에 펼쳐놓은 지도는 강남권역만 확대한 것이었다. 강 부장은 손으로 지도 몇 군데를 차례로 짚었다. 강 부장이 손으로 짚는 곳을 자세히 들여다보니 그 지역에 있는 자동차 매장들이 자세히 표기가 되어 있었다. 강 부장은 여러 지역들을 차례로 짚어나가다가 한 군데에서 멈췄다.

"여기, 청담동 일대에 왜 명품 브랜드 매장들이 줄지어 있는지 아시나요?"

"그야, 부자들이 많이 사는 동네니까 그렇겠죠."

강 부장의 물음에 광호는 시큰둥하게 대답했다. 강 부장은 광호를 바라보며 천천히 고개를 좌우로 흔들었다.

"사람들의 욕망이 만들어놓은 거예요, 욕망. 희소적인 것, 남들은 가질 수 없는 것, 우월하게 보이고 싶은 욕망을 충족하기 위해 비싼 값을 기꺼이 지불하는 사람들이 존재한다는 얘기죠. 결국 값비싼 명품 비즈니스란 사람의 욕망을 어떻게 다루느냐에 따라 사업의 성패가 결정나는 겁니다."

사뭇 진지하게 말하는 강 부장의 말투에 광호는 입술을 삐쭉거렸다. 강 부장의 말 하나하나가 어쩌면 그렇게 훈계조로 들리는지 광호는 벌써부터 진력이 났다.

"우리 회사의 전략은 비싼 고급차를 많이 파는 것입니다. 단순하게 말하자면 가장 고급의 차 한 대를 파는 것이 경차 열 대를 파는 것보다 더 큰 이익을 창출하니까요."

부장이 집중하라는 듯 광호의 어깨를 손으로 짚으며 이어 말했다.

"고급차 한 대를 팔 때 인센티브 역시 경차 한 대를 팔 때와는 비교도 안 된다는 걸, 잘 아시잖아요. 그런데 고급차 한 대를 팔지 못한다는 게 얼마나 아까운 일인가요?"

광호는 강 부장이 말을 하면 할수록 사람을 부아가 치밀게 하는 재주를 가지고 있는 게 분명하다고 생각했다. 광호는 숨이 가빠졌다. 목뒤로 열이 오르고, 머릿속으로 땀이 흐르는 것 같았다.

"비싼 고급차를 팔려면 어떻게 해야겠습니까? 고급차를 어떻게 파는지 알아야죠. 적을 알아야 나를 아는 겁니다. 이해하셨나요? 알아들으셨습니까?"

알아들으셨습니까. 갑작스레 쏘아붙이듯이 말하는 강 부장의 말투에 당황해 금세 주눅이 든 광호는 좀 전까지만 해도 자신이 분노하고 있었다는 사실조차 잊어버렸다. 순간 광호는 자신이 껍데기로만 남은 인간 같다고 생각했다. 자기중심은 사라지고 타인의 감정과 이야기에 따라 반응하고 조절된다고 느껴졌다. 광호는 강 부장의 눈을 제대로 바라보지 못한 채 고개만 끄덕였다.

"전사가 돼야 하는 거예요, 전사. 전사가 되지 못하면 사회라는 전쟁터에 적이 아니라 같은 편에게 물어뜯겨 버려지고 말 겁니다. 제가 차장님을 전사로 만들어드리죠!"

강 부장이 주먹을 움켜쥐며 말했다. 광호는 강 부장의 말이 너무 비장하게 들려 깜짝 놀랐는데 그 말이 광호 자신에게 던진 것이라기보다는 강 부장 자신에게 하는 말처럼 들렸기 때문이었다. 한동안 그대로 허공에 시선을 멈춰 있던 강 부장은 담배 한 대를 피우고 오겠다며 자리에서 일어나 회의실 밖으로 나갔다.

"대충대충해. 왜 그렇게 군기가 바짝 들어 있어."

강 부장의 뒷모습을 힐끔거리며 광호 옆으로 다가온 정상호 차장이 안쓰러움 반, 한껏 우쭐함 반의 얼굴로 말했다. 인센티브 투어에 뽑힌 정 차장은 꽤 여유로운 표정이었다. 강 부장이 나간 쪽을 살펴보던 정 차장이 갑자기 몸을 광호 쪽으로 기울였다.

"강 부장이라는 사람 있잖아. 지점장은 뭐, 꽤 대단한 사람인 것처럼 알고 있던데, 내가 보기에는 그리 별볼일 없어 보이는데 말이야. 판매촉진팀이라는 새로 생긴 부서 이름도 뭔가 애매하고, 아무리 봐도 주류에서 밀려난 사람 같아. 본사 사람한테 좀 알아봐야겠어. 뭔가 좀 냄새가 난단 말이야."

회의실 구석에 놓인 1인용 소파에 푹 기대어 앉은 정 차장이 광호를 지그시 바라봤다.

뭐든 별수 있겠어? 강 부장이나 광호 너나, 그렇게 말하고 있는 것 같았다. 광호는 정 차장에게서 고개를 돌려 강 부장이 나간 문 쪽을 바라봤다.

"이건 무슨 지도야?"

정 차장이 테이블 위에 펼쳐진 지도를 발견하고는 다가가 양손으로 반듯하게 폈다. 한참을 지도를 바라보던 정 차장은 이건 무슨 쓸데없는 짓이냐며 인상을 쓰며 중얼거렸다. 그런 정 차장을 광호는 무표정하게 지켜봤다.

"설마 다른 자동차 매장들을 돌아다니면서 뭘 알아보겠다는 건 아니겠지?"

"맞습니다만."

광호 대신 대답을 한 것은 이제 막 밖에서 돌아온 강 부장이었다. 테이블 앞에 선 강 부장과 눈이 마주친 정 차장은 주춤하며 엉덩이를 뒤로 뺐다. 강 부장이 사나운 눈매로 정 차장을 노려봤다.

"이런 게 도움되겠어요? 제대로 된 영업교육을 해야지 이런 걸 뭐……."

정 차장은 말은 그렇게 하면서도 강 부장 눈치를 보며 스름스름 뒷걸음질치더니 회의실을 빠져나갔다.

"저 사람들. 오만해진 거죠. 평생 자기가 잘나갈 것처럼 말이죠."

강 부장은 정 차장의 뒷모습을 놓치지 않고 바라보며 말했다.

"김광호 차장님도 한때 저런 시절이 있지 않았습니까? 자기가 가장 잘나간다고 여겨 오만에 가득차 있던 때 말이에요. 판매왕 시절에 말이죠."

광호는 강 부장의 화살이 자신으로 향한 것이 정 차장을 대신한 화풀이처럼 느꼈지만 아무 말도 하지 않았다. 정 차장의 말에 곧바로 대꾸하지 않은 강 부장은 속으로 모멸감 같은 걸 느꼈는지 귀까지 얼굴이 벌게져 있었는데, 광호에게는 처음 만났을 때의 인상처럼 강 부장이 그리 완벽한 사람이 아니라는 것을 처음으로 느끼는 순간이었다.

강 부장은 방문한 매장에서 최종적으로 견적까지 받아와야 한다고 했다. 다른 회사 자동차 매장 직원들이 고객을 어떻게 대응하는지 알아보는 것 이상으로 구체적인 실행의 목표와 결과물이 필요하다고 했다. 그렇게 해야 어느 매장에 들어가든 같은 기준으로 평가를 할 수 있다고 했는데 광호는 그 평가가 방문한 매장 자체에 대한 평가인지 아니면 자신에 대한 평가인지 애매했다.

"둘 다라고 해두죠."

광호의 물음에 잠시 생각에 잠겼던 강 부장이 조금 뜸을 들인 후에야 대답했다. 광호는 강 부장의 말에 반문하지는 않았지만 해둔다는 말이 거슬렸다. 처음부터 무엇을, 어떻게 평가할 것인가에 대한 기준이 아예 없었던 것은 아닌지 미심쩍은 생각이 들었기 때문이었다. 심지어 그 평가 자체도 전적으로 자신의 질문으로부터 생겨난 게 아닌지 의심이 들 정도였다. 질문 하나라도 조심해서 해야 하나 싶어 광호는 신경이 쓰였다.

"매장과 매장 사이 이동할 때는 어떻게 하죠?"

"그야……."

강 부장의 안경 안쪽에서 두 눈의 시선이 빠르게 광호에게 닿았다가 허공으로 움직였다.

"시승차로 하죠."

그쯤 되자 광호는 강 부장이 준비한 것은 지도 속에 그려진 자동차 매장들에 대한 정보 이외에는 아예 처음부터 없는 것이 아니었을까, 하고 의심하지 않을 수 없었다. 어쩌면 이 코칭 교육조차도 처음 진행하는 일일지 모르겠다고 광호는 생각했다.

게다가 강 부장은 간단히 시승차를 타면 될 것이라고 말했지만 광호에게 그건 그렇게 간단한 문제가 아니었다. 현재 매장에 있는 시승차는 최근에 출시된 스포츠유틸리티차량이 유일한데 그마저도 시승 예약과 행사 일정 때문에 사용이 어려웠기 때문이었다.

"그럼 택시를 타거나, 까짓것 걸어다닙시다."

매장 사정상 시승차 사용이 어려울 거라는 광호의 말에 강 부장은 큰 문제가 아니라는 듯 말했다. 처음부터 하지 말았어야 할 질문을 했다고 광호는 생각했다. 질문을 하면 더 나쁜 선택을 하게 된다, 그게 강 부장에게서 얻은 광호의 결론이었다.

결국 택시를 타고 첫 목적지인 청담동 근처로 이동하는 동안 강 부장과 광호는 말이 없었다. 택시 라디오에서는 남해에서 서해안 쪽으로 올라가며 세력이 소멸될 것으로 보이던 태

풍이 갑자기 세를 확장해서 수도권으로 빠르게 진입하고 있다
는 뉴스가 흘러나오고 있었다. 어쩐지 날씨가 심상치 않더라
니, 강 부장의 말에도 광호는 아무 얘기도 하지 않았다. 섣불리
말을 하거나 질문을 하지 않겠다고 마음을 다잡은 마당에 마
땅히 대답해야 하는 순간을 제외하고는 웬만하면 말상대를 하
지 않으리라, 그렇게 다짐했기 때문이었다.

강 부장과 광호는 청담동에 있는 한 유명 수입 자동차 브랜
드 매장 근처에서 함께 내렸다. 택시를 탈 때보다 바람이 세차
게 불어 광호는 눈을 감다 못해 팔을 들어 얼굴을 가렸다. 진
회색 구름장이 짙게 드리운 거리를 사람들이 비칠거리며 걷고
있었다.

"직원에게 견적까지 받아내는 것. 잊으시면 안 됩니다."

택시에서 내리자마자 광호에게 다짐을 받아내려는 듯 강
부장이 다급한 목소리로 말했다. 세찬 바람에 강 부장의 빨간
넥타이는 어깨 너머로 넘어가 있고, 포마드로 넘겨 얌전히 누
워 있던 머리카락이 반쯤 일어나 사납게 흔들리고 있었다.

"비가 올 모양이에요. 서두르죠."

강 부장이 성큼성큼 앞으로 걸어나가는 걸 보고 광호는 점
점 서러운 마음이 북받쳤다. 뭐 그리 급하게 구는지 모르겠다
며 투덜거리며 따라 걷던 광호는 순간 강 부장의 바지 밑단이
거의 땅에 닿을락 말락 하고 있는 것을 발견했다. 꽤 닳은 구두
뒤축이 강 부장이 걸을 때마다 바지 밑단 속으로 숨었다 다시

보이다를 반복했다. 왼쪽과 오른쪽 모두 비슷하게 닳은 오래된 구두였다. 광호가 강 부장의 구두 뒤축에 시선을 두고 따라 걷는 동안 금방이라도 비가 올 것처럼 사위가 어둑어둑해졌다. 강 부장이 잠시 걸음을 멈추고는 얼굴을 찡그리며 하늘을 바라보았다. 다시 성큼성큼 앞으로 걷기 시작했는데, 강 부장이 서 있던 바로 그 자리에 구두 뒤축 하나가 그대로 놓여 있었다.

강 부장을 따라 멈췄던 광호는 강 부장이 지나간 자리에 놓인 구두 뒤축을 넋을 놓고 쳐다봤다. 이미 걷기 시작한 강 부장은 구두 뒤축이 빠졌는지도 모르는지 벌써 앞질러간 상태였다. 광호는 한참이나 앞서가고 있는 강 부장의 뒷모습을 가만히 응시하다가 구두 뒤축을 얼른 주워들어서는 주머니 속에 넣었다. 광호는 거의 뛰다시피 빠른 걸음으로 강 부장을 쫓아갔다.

"저는 들어가지 않겠습니다. 김광호 차장님, 다녀오세요. 견적까지 받아내는 것 꼭 잊지 마시고요."

강 부장이 광호에게 주먹 쥔 손으로 건투를 빈다는 시늉을 했다.

"저만 들어가나요?"

"당연한 말을요."

광호는 주머니 속에 있는 강 부장의 구두 뒤축을 손으로 만지작거렸다. 처음에는 매장에 들어가기 전에 강 부장에게 건

네주고 갈 생각이었지만, 혼자 매장에 들어가야 한다는 말에
주고 싶은 마음이 싹 사라져버렸다. 사실 아무나 들어갈 수 있
는 자동차 매장인데도 광호는 면접을 보러 들어가는 사람처럼
긴장을 했다. 근 10여 년간 자신이 근무하는 회사의 매장 외에
다른 자동차 회사 매장에는 가본 적이 거의 없었다는 사실도
광호를 더 긴장케 했다.

　광호는 크게 심호흡을 하고 강 부장이 가리킨 매장 쪽을 향
해 걸었다. 이어 문을 열자마자 하이힐을 신고 광호보다 목 하
나는 더 큰 여성 직원이 다가와 매장 초입 프런트로 안내했다.

　"무엇을 도와드릴까요?"

　프런트에 있던 또다른 여성이 친절하게 광호를 향해 미소
를 건네며 물었다. 프런트 주위에 몰려 있던 여러 명의 직원들
시선이 광호에게 쏠렸다.

　"브로슈어를 좀 주세요."

　"브로슈어요?"

　매장에 들어오자마자 브로슈어를 달라는 사람은 처음이라
는 듯한 여자 직원의 반응에 광호는 그 말을 꺼낸 것을 곧 후
회했다. 견적을 받아가기 위해서는 차를 좀 보러 왔다거나, 상
담을 좀 해봤으면 좋겠다고 얘기를 꺼냈어야 했다. 광호가 매
장에서 수도 없이 마주친 고객들 중에도 브로슈어를 먼저 달
라는 고객은 거의 없었다. 고급 수입차 매장과 세련된 직원들
에 압도된 광호는 어떻게든 상황을 모면하고 싶은 생각밖에

들지 않았다.

"시, 시간이 많이 없어서 그렇습니다만."

정말 바쁜 사람처럼 군다기보다 뭔가를 애원하는 표정으로 말하고 있다는 걸 느낀 광호는 영 어색한 마음에 얼른 매장 밖으로 나가고픈 마음뿐이었다.

"네, 네, 그러세요."

여자 직원은 아까와 달리 생기를 잃은 표정으로 자동차 회사 로고가 새겨진 봉투에 브로슈어를 챙겨넣기 시작했다. 그 사이 프런트 주위에 있던 키가 크고 말끔히 양복을 차려입은 한 딜러가 광호에게 다가와 정중하게 말했다.

"혹시 명함이 있으시면 한 장 주실 수 있겠습니까. 저희가 신차가 나오거나 프로모션 행사가 있을 때면 연락드릴 수 있도록 하겠습니다."

하마터면 광호는 양복 상의 주머니 안쪽에 손을 넣어 회사 이름이 적힌 명함을 꺼낼 뻔하다 아차 싶어 그대로 행동을 멈췄다.

"어떡하죠. 제가 명함을 가져오지 않았네요."

"그럼, 연락처라도 가르쳐주시면 저희가 좋은 기회가 있을 때 연락드리겠습니다."

딜러의 집요한 요청에 광호는 별다르게 변명을 할 수가 없어 연락처를 적어놓고서야 겨우 밖으로 향할 수 있었다. 매장에서 나오는 길에 광호는 자신의 번호가 아닌 가짜 번호를 적어놓고 왔어야 했던 것은 아닌가 후회를 했다.

예상보다 일찍 매장을 나온 광호를 발견하고는 근처 카페 흡연 공간에 있던 강 부장이 들고 있던 담배를 급히 끄고 광호를 향해 달려나왔다.

"왜 이렇게 일찍 나오셨어요?"

광호는 강 부장을 향해 별 대꾸를 하지 못하고 쓱 뒤를 돌아봤다. 혹시 직원 중의 누군가 자신의 어설픈 행동이 의심스러워 나와서 보고 있는 것은 아닌지 덜컥 겁이 났기 때문이었다.

"이거, 못하겠습니다."

"못하겠다니요?"

광호는 강 부장을 향해 단정적으로 말했다. 빗줄기 하나가 강 부장의 얼굴 위로 툭 떨어지는가 싶더니 안경알 위로 빗물이 한 가닥 흘러내렸다. 빗물을 기준으로 강 부장의 눈동자가 흔들리듯 좌우로 오고갔다.

"거짓말을 해야 하잖습니까."

광호는 고개를 외로 돌리며 속에 감춰둔 말을 꺼냈다.

"그러면 안 됩니까?"

강 부장은 안경에 빗물이 또 한 방울 튀었는데도 아랑곳하지 않고 반문했다. 광호는 뭐요? 하는 표정으로 강 부장을 올려다봤다.

"한 달에 차를 한 대나 팔까 말까 한 김, 광, 호, 차장님이, 기본적인 신차 정보에 대해서도 제대로 된 대답조차 못하는 김,

광, 호, 차장님이, 대단한 자동차 전문가처럼 고객에게 차를 파는 건……."

단어 하나를 힘주어 끊어 말하고 나서 강 부장이 입술을 달싹거렸다.

"그건, 거짓말 아닙니까?"

잿빛의 하늘을 다 가릴 정도로 강 부장의 사나운 얼굴이 광호의 시선을 덮었다. 강 부장의 무게에 짓눌린 광호의 동공이 점점 커졌다. 소리가 나지 않을 뿐 광호는 비명을 지르고 있었다. 그것은 단순히 강 부장의 기세와 직급에 눌려서가 아니라 거짓말처럼 바닥으로 내려와 있는 자기 삶 근저의 고단함이 지르는 비명이었다. 오히려 그런 현실을 아무렇지 않아 하며 주위 사람들과 가족을 대해왔던 그 노곤함이 지르는 비명이었다. 강 부장의 얼굴과 시선만이 그 비명을 목격하고 있는 것이었다.

"그렇다면, 좋습니다. 이번에는 같이 들어가죠."

광호를 몰아붙인 후 숨을 거칠게 몰아쉬던 강 부장이 뜻밖의 말을 꺼내며 광호에게서 얼굴을 걷어내자, 빗물이 광호 얼굴로 몇 방울 떨어졌다. 광호는 빗물을 손으로는 쓸어냈다.

강 부장은 광호의 대답을 채 듣지도 않고, 자리에서 뒤돌아 걸어나갔다. 키가 큰 강 부장은 광호보다도 보폭이 두 배쯤은 컸다. 광호는 어쩔 수 없이 다시 강 부장을 반 뛰다시피 따라 걸었다. 광호는 약간 비척이며 걷는 강 부장의 뒷모습을 보며,

주머니 속에 그의 구두 뒤축이 담겨 있다는 걸 상기했다. 강 부장의 다른 한쪽 구두 뒤축도 상당히 닳아 어느 한쪽이 없다 해도 큰 차이는 없어 보였지만, 여하간 몸의 균형이 맞지 않는 것은 분명했다. 광호는 주머니에 넣어둔 구두 뒤축을 손으로 만지작거렸다.

"이번에는 말이죠. 역할을 정하는 겁니다."

불현듯 생각났다는 듯 뒤돌아선 강 부장이 다급하게 말했다.

"네?"

"회사에서 법인차량을 알아보러 왔다고 합시다. 내가 회사 상무 역할을 할 테니, 김 차장은 재무팀 부장이 되세요. 회사 차원에서 가격과 조건을 알아보러 왔다고 하면 김 차장도 조금 쉬울 거 아닙니까. 부담도 덜 될 테고. 그리고……."

강 부장은 잠시 말을 멈추고는 골똘히 생각하는 표정을 지었다.

"자동차 회사라는 것만 말하지 않는 것을 빼고는 회사에서 차를 알아보러 온 건 사실 아닙니까."

강 부장이 광호를 향해 설득조로 얘기했다. 눈이 거의 보이지 않을 정도로 빗물이 가득 묻어 있는 강 부장의 안경 안쪽에서 동의를 구하는 눈빛이 번득였다. 광호는 그 눈빛을 외면하지 못하고, 가까스로 고개를 끄덕이며 알겠다고 했다. 흩뿌려지기 시작한 비가 머리와 어깨를 고요히 적시고 있었지만, 광호는 제대로 의식하지 못하고 있었다. 구두 뒤축을 강 부장에게 언제 건네주어야 할지 내내 기회를 기다리는 중이었다. 내리던 비가 제법 굵은 빗방울이 되어 쏟아지는 바람에 광호는 손으로 빗물을 닦아가며 하늘을 올려다봤다. 그사이 강 부장이 또 앞서 걷기 시작했다. 광호는 구두 뒤축 얘기를 할 수가 없었다.

강 부장과 광호가 걸어서 도착한 매장은 유럽의 프리미엄 자동차 브랜드였다. 둘은 매장 앞에 나란히 서서 매장 전경을 훑었다. 강 부장의 손짓을 보자마자 광호가 문을 향해 걸어갔다. 말쑥한 외모의 남자 직원이 광호의 손이 매장 문에 닿기도 전에 문을 당기고는 들어오라는 눈짓을 했다.

"혹시 차를 가져오셨는지요?"

문을 열어준 젊은 직원보다 상사로 보이는 중년의 남자 직원이 양복 단추를 잠그면서 매장 안쪽에서 걸어나왔다. 광호는 직원의 시선을 따라 유리벽 바깥쪽에 주차되어 있는 차들을 바라봤다. 방문객들의 것으로 보이는 차들은 거의 중형급 이상의 수입차와 대형 국산차들이었다. 따라 들어온 강 부장이 광호의 옆에 섰다. 강 부장의 오른쪽 바지 밑단이 유독 심하게 젖어 있었다.

"네, 그저 뭐. 점심 먹고 산책하는 길에 들렀습니다."

강 부장은 태연하게 웃으며 얘기했지만, 안경알에 수포처럼 알알이 맺힌 빗물들은 그대로였다. 떨어져나가도 의식하지 못하는 구두 뒤축처럼 그런 일에 일일이 개의치 않는 성격인지도 모르겠다고 광호는 강 부장을 보며 생각했다. 몇 번 강 부장의 안경을 향해 손짓을 했지만, 강 부장이 알아듣지 못하고 광호의 손을 잡고 아래로 끌어내리는 바람에 더이상 신호를 주는 걸 포기했다.

"차는 어느 분이 알아보시는 거죠?"

강 부장과 광호는 서로의 역할을 되새김질하면서 눈을 마주쳤다.

"법인차량을 좀 알아보고 싶은데요, 저희 상무님이 타실 차량이라, 웬만하면 최고급 차량으로."

광호는 강 부장을 향해 공손한 손짓으로 가리키면서도 엷게 떨리는 음성을 상대방이 알아챌까봐 두려웠다.

"상무님이 타실 차량이라면……."

중년의 남자 직원이 강 부장을 위아래로 훑어보다가 손을 들어 매장 안쪽 방향을 가리켰다.

"이 차를 한번 타보시죠. 작년에 나온 신차인데 유명한 명품 브랜드와 협업해서 시트와 보드까지 내장재를 모두 소가죽으로 꾸민 차량입니다."

직원은 강 부장과 광호를 매장 한가운데 검은색 대형 세단이 있는 쪽으로 데려갔다. 다른 차에 비해 전장이 길고 폭이 넓어 위엄이 있어 보였다.

"한번 타보시죠, 한번."

광호는 그게 꼭 정말 한 번만 타보라는 말처럼 들렸다.

"상무님, 구두 뒤축이 떨어지신 것 같은데, 사라지셨나봐
요."

강 부장이 조심스럽게 운전석에 앉으려 할 때였다. 중년의
직원이 입가에 웃음을 띠고 강 부장의 구두를 보며 말했다.

"잘못된 존칭입니다."

"네?"

"구두 뒤축이 사라지신 건 아니죠."

하고, 대꾸하는 강 부장을 보며 직원이 황당하다는 표정을
지었다.

"저희 상무님이 검소하시죠."

광호는 자신에게 하던 것처럼 직원을 가르치려고 들까봐
강 부장을 막아섰다. 그저 던진 말에 정색하며 반응하는 강 부
장 때문에 직원 역시 마음이 상했는지 표정이 좋지 않았다. 광
호가 견적 상담을 받아보고 싶다며 얼른 나서 무마하긴 했지
만 서걱서걱한 공기가 사라지지는 않았다.

—어이, 광호 차장. 거, 적당히 하라고. 강 부장인가 뭐시기
도 그저 대충 때우기 위해서 온 거라고. 그러니까, 너무 놀아나
지 말고, 적당히 해.

제주로 떠나는 공항이라면서 정 차장으로부터 온 메시지
였다.

—본사에 물어보니, 마케팅 부서부터 시작해 여러 부서를 전전한 이유가 있더군. 기본적으로 화합이 안 되는 사람이라는데. 독불장군 스타일이라 자기편이 없대. 사내 평가도, 성과도 좋지 않아서 지방 공장에 발령이 났었다가 이번에 본사 신설 부서가 생기면서 이런 걸 하나본데. 말하자면, 그 사람 언제 잘릴지도 모르는 사람이야. 그러니까 너무 위축되지 말고 휘말리지도 마. 그 양반 자기가 무슨 대단한 사람이라도 되는 것처럼 굴더니만 아무것도 아니었어.

　정 차장이 이어 보내온 것은 공항 게이트 앞에서 부부가 해맑게 웃으며 찍은 셀카 사진이었다. 아무것도 아니라는 말이 정 차장의 음성이 되어 반복적으로 들려왔다.

　"아뇨, 그 옵션은 빼달라니까요. 왜 그렇게 고집을 부리세요."

　별안간 강 부장의 언성이 높아졌다. 견적가에 옵션을 넣느냐 빼느냐 하는 문제로 강 부장과 직원이 옥신각신하는 중이었다.

　"아니, 고집이라니요."

　얼굴이 벌겋게 달아오른 중년 직원이 강 부장에게 바투 다가서며 말했다.

　"그 얘기를 하지 마시라니까요, 왜 자꾸 그 얘기를 하고 그러세요, 사람 환장하게."

　강 부장은 진짜 불만을 토로하는 사람처럼 직원을 몰아세우고 있었다. 광호는 강 부장이 비교적 점잖고 합리적인 사람으로 보이지만 자신의 기분을 상하게 하거나 배척하는 말을 들으면 반드시 반응하는 사람이라는 걸 잘 알고 있었다. 강 부장은 마치 연극무대에서 분노에 가득찬 역할을 맡은 사람처럼 생생하고 과장되게 직원에게 소리를 질러댔다. 그러자 중년의 직원도 지지 않고 거세게 반응하기 시작했다.

빨간 넥타이를 풀어헤치는 강 부장의 등에 매달리듯이 팔과 등을 끌어안으며 광호가 말렸다. 그만하시라니까요, 그만하시라니까요. 광호는 그 말만을 몇 번이나 되풀이하면서 자기보다 덩치가 큰 강 부장에 자신의 몸을 밀착해 온몸으로 끌어내려고 했다.

"차는 무슨……."

강 부장을 노려보던 직원이 읊조렸다.

"구두부터 먼저 사 신던가!"

한껏 열을 받은 듯한 직원은 도저히 못 참겠는지 버럭 소리를 질렀다. 당장이라도 강 부장과 직원이 서로 달려들어 멱살을 잡을 것만 같은 상황이었다. 쌍방폭행이 일어나고 신고를 받은 경찰이 매장에 와서 당사자의 신분을 확인하고, 강 부장과 광호가 동종업계 자동차 회사의 직원이라는 것이 밝혀진다면. 생각만 해도 끔찍한 일이었다. 광호는 강 부장의 어깨와 등허리를 더 꽉 잡았다. 당장이라도 직원에게 달려들까 두려워서였다. 광호는 공격수를 블로킹하고 있는 럭비 수비수처럼 강 부장을 온몸으로 막아섰다.

다행히 광호가 걱정하는 그런 일은 일어나지 않았다. 풍선에서 바람이 빠지는 것처럼 갑자기 강 부장의 온 근육에서 힘이 풀렸기 때문이었다. 돌연 힘이 빠져버린 강 부장을 광호는 온몸으로 밀어내는 게 아니라 간신히 부축하며 겨우 매장을 빠져나왔다.

매장 밖은 밤처럼 어둡고 비와 바람이 심하게 몰아치고 있었다. 매장 문 옆으로는 고급차들이 줄지어 서 있었다. 고객을 따라나온 한 직원이 우산을 받쳐들고 차가 있는 곳까지 고객을 배웅했다. 직원은 고객이 차에 타고 문을 닫자 허리를 굽혀 꾸벅 인사를 했다. 고객의 차가 떠나고 돌아선 직원은 비를 맞고 있는 강 부장과 광호를 험상궂게 노려보며 매장 안으로 들어갔다.

광호는 멍하니 비를 바라보고 있는 강 부장의 옆모습을 흘끔거리다 고개를 내려 강 부장의 구두를 쳐다봤다.

"다음 목적지로 갈까요?"

광호의 물음에 강 부장은 천천히 고개를 끄덕였다.

"그래요. 이번에는 어디에 있는 매장이었죠?"

강 부장이 힘없이 물었다.

"매장이 아닙니다."

매장이 아니라는 말에, 강 부장이 광호에게 고개를 돌려 의

아한 표정을 지었다.

"구두를 먼저 수선하러 가야죠."

광호는 주머니에서 구두 뒤축을 꺼내 손 위에 올려놓았다.

"가요."

광호는 그걸 손에 다시 꽉 쥐고는 먼저 빗속으로 뛰어들었
다.

"……멀어요?"

강 부장이 뒤쪽에서 소리쳤다. 광호가 돌아보자 강 부장이
이제야 비를 가리려고 팔을 양껏 들어올리는 바람에 와이셔츠
가 바지 밖으로 반쯤 삐져나온 채 뛰고 있었다. 광호는 강 부장
을 향해 크게 외쳤다.

멀지 않아요, 멀지 않아. 바로 앞이에요.

아마도 목소리에 대해서 말해야 할 것 같다. 내게 소설을 쓰게 만드는 것은 바로 그 목소리니까. 유년 시절부터 들려온 그 목소리가 아니었다면 아마도 나는 소설을 쓰지 않았을 것 같다. 표현이 미숙하고 과묵하고 말이 없던 내게 말을 건네던 그 목소리. 그 목소리가 언제나 펜을 들게 하고, 글을 쓰게 했다.

소설은 일상의 영역에서 교환되는 한정적인 언어에서 벗어나고자 하는 목마름을 해갈해주었다. 그 안에서 가끔 내 것 같은 목소리들을 마주 대하곤 했다. 상처 입고, 삶의 비정함을 깨닫고, 억압의 굴레에 갇혀 소거된 목소리 같은 것들이었다. 소설 속의 목소리를 더듬더듬 읽어가다보면 내 안의 목소리가 말을 건네곤 했다. 언젠가 너도 쓰게 될 거야, 소설을. 가끔 그런 내면의 소리에서 벗어나고 싶었던 것도 같다.

그러나 나는 이제 소설을 씀으로써 자유롭다. 열세 살 무렵부터 소설가가 되고 싶어 했는데 소설가가 되기 전까지의 나는 어쩐지 진짜 소설가가 되는 것 자체를 두려워해왔는지 모르겠다. 다른 사람들의 기대와 시선에서 크게 벗어나지 않는 삶의 궤도 밖으로 이탈한다는 게 덜컥 겁이 날 때도 있었다. 하지만 소설가가 된 뒤 돌아보자, 그건 이탈이 아니라 나에게로 향하는 또다른 궤적이었다는 사실을 알 것 같다. 용기 내지 못했다면 끝내 알아보지 못했을 미지의 길. 그래서 소설가가 되기 전까지의 내적 갈등이 소설가가 되고 난 후의 나를 더 단단히 만들었다는 걸 이제는 안다. 지금까지는 내 안의 내적인 울림과 목소리에 귀를 기울였다면, 이제는 말할 수 없는 누군가의 목소리를 대신해주는 글을 쓰고 싶다.

교유서가 신정민 대표님에게 감사드린다. 어느 한 식당에서 처음 마주했을 때, 문을 열고 들어오는 그를 나는 단번에 알아볼 수 있었다. 누군가를 지칭하거나 소개하거나 얘기하지 않아도, 알아보게 되는 것이 있는 것 같다. 봄날의 따뜻함 같은 그 첫인상이 나를, 이 소설집을 감싸주었다는 생각이 든다.

소설의 첫번째 독자이면서 함께 유영하듯 세상을 살아가며 영감을 던져주는 유진 씨에게 고마움을 전한다.

채기성

2019년 〈서울신문〉 신춘문예에 단편소설 「앙상블」이 당선되며 작품 활동을 시작했다. 2021년 장편소설 『언맨드』로 제17회 세계문학상을 수상했으며, 2022년 장편소설 『반음』으로 아르코문학창작기금을 받았다.

우리에게 있어서 구원

초판 인쇄 2024년 3월 5일
초판 발행 2024년 3월 15일

지은이 채기성

편집 이경숙 정소리 이고호
디자인 이정민 이주영 | 마케팅 배희주 김선진
브랜딩 함유지 함근아 고보미 박민재 김희숙 박다솔 조다현 정승민 배진성
저작권 박지영 형소진 최은진 서연주 오서영
제작 강신은 김동욱 이순호 | 제작처 천광인쇄사

펴낸곳 (주)교유당 | 펴낸이 신정민
출판등록 2019년 5월 24일 제406-2019-000052호

주소 10881 경기도 파주시 회동길 210
문의전화 031.955.8891(마케팅) 031.955.2692(편집) 031.955.8855(팩스)

전자우편 gyoyudang@munhak.com
인스타그램 @gyoyu_books | 트위터 @gyoyu_books | 페이스북 @gyoyubooks

ISBN 979-11-93710-23-4 03810